公元787年，唐封疆大吏马总集诸子精华，编著成《意林》一书6卷，流传至今
意林：始于公元787年，距今1200余年

一则故事　改变一生

《意林·少年版》编辑部

探月号导弹
Moonraker

JAMES BOND

王牌特工 007

[英]伊恩·弗莱明 著　张锁迪　刘　瑜 译

吉林摄影出版社
·长春·

图书在版编目（CIP）数据

探月号导弹 /（英）伊恩·弗莱明著；张锁迪，刘瑜译. — 长春：吉林摄影出版社，2018.1
（王牌特工007）
ISBN 978-7-5498-3486-0

Ⅰ. ①探… Ⅱ. ①伊… ②张… ③刘… Ⅲ. ①长篇小说－英国－现代 Ⅳ. ①I561.45
中国版本图书馆CIP数据核字(2018)第007513号

王牌特工007·探月号导弹
WANGPAI TEGONG 007·TANYUE HAO DAODAN

著　　者	[英]伊恩·弗莱明
译　　者	张锁迪　刘瑜
出 版 人	孙洪军
总 策 划	顾平　宋春华
出 品 人	杜普洲
主　　编	宋春华
责任编辑	施岚　胡晓路
图书策划	宋春华
图书统筹	于丽丽
执行编辑	罗艳　吴燕慧
设计总监	资源
封面设计	资源
美术编辑	刘海燕　张迪
发行总监	王俊杰
开　　本	700mm×1000mm 1/16
字　　数	160千字
印　　张	13.5
版　　次	2018年1月第1版
印　　次	2018年1月第1次印刷

出　　版	吉林摄影出版社
发　　行	吉林摄影出版社
地　　址	长春市泰来街1825号 邮编：130062
电　　话	总编办：0431-86012616 发行科：0431-86012602
网　　址	www.jlsycbs.net
经　　销	全国各地新华书店
印　　刷	北京嘉业印刷厂
书　　号	ISBN 978-7-5498-3486-0　　定　价：28.80元

版权所有　翻印必究

（如发现印装质量问题，请与承印厂联系退换）

目录

第一章　红色电话的呼唤　1

第二章　作弊的亿万富翁　9

第三章　跃跃欲试　17

第四章　识破骗局　23

第五章　晚餐　33

第六章　牌局开始　39

第七章　请君入瓮　47

第八章　不安　55

第九章　接受任务　61

第十章　明察暗访　69

目录

第十一章　进入基地　79

第十二章　探月号　87

第十三章　蛛丝马迹　95

第十四章　小心试探　103

第十五章　以牙还牙　111

第十六章　危险来临　119

第十七章　反复推测　127

第十八章　恐怖的真相　137

第十九章　黑夜追踪　147

第二十章　阴险诡计　155

第二十一章　严刑逼供　163

第二十二章　恶贯满盈　171

第二十三章　死里逃生　179

第二十四章　导弹发射　191

第二十五章　劫后重生　201

第一章 红色电话的呼唤

　　震耳的枪声在清冷的地下室中反复回荡，许久才慢慢安静下来。詹姆斯·邦德静静地看着逐渐飘散的硝烟，独自回味着刚才自己射击的动作——掏枪射击的动作极快，十分利落。

"砰"！"砰"！

两声枪响几乎同一时间从两支38毫米口径的手枪发出。

震耳的枪声在清冷的地下室中反复回荡，许久才慢慢安静下来。詹姆斯·邦德静静地看着逐渐飘散的硝烟，独自回味着刚才自己射击的动作——掏枪射击的动作极快，十分利落。邦德微笑着卸下弹匣，看着从远处慢慢走来的射击教官。

"怎么样？这次我绝对打中你了！"邦德朝着教官扬了扬头。

"邦德，别高兴得太早，我只不过是进了医院，而你可是要送掉性命了。"

教官一手拿着一个半人形状的靶子，一手举着一张明信片大小的胶片对邦德说。

邦德接过胶片，然后和教官一起走到了一张桌子旁边。桌子上摆放着一盏带绿色灯罩的台灯，还有一只大号放大镜。

邦德拿起放大镜，弯腰仔细观察着胶片。这是用闪光灯拍摄下来的照片。

在照片中，邦德的右手周围散发着一圈模糊的火光。他又把放大镜挪到了他左胸的深色夹克区域，在正对着心脏的位置，有一点儿细小的光亮透出。

第一章
红色电话的呼唤

教官没有说话,而是把人形靶放到了台灯下。在人形靶的心脏位置,有一个直径三英寸左右的靶心,在靶心下方半英寸的地方,有一道裂痕。那就是邦德射中的地方。

"你击中了对方的左侧胃壁,子弹从背部穿出身体,没有造成致命伤。"

说着,教官面无表情地掏出一支铅笔,在枪靶的边缘开始写写算算。

"一共是二十个回合,你欠了我七英镑六便士。"

邦德哈哈大笑着拿出了几枚硬币:"下星期咱们赌注翻倍,怎么样?"

"我当然没问题,"教官说,"不过,你是不可能赢过机器的。我看你可以在别的枪上再下下功夫。前段时间新出了一种雷明顿枪,可以装入二十二发子弹,射击非常精准。"

"管它是什么枪,总之我一定要赢到你的钱!"

邦德晃了晃弹匣,将里面没有打完的子弹倒在手中,连同手枪一并放在了桌子上。

"还是老时间,下星期一不见不散!"

"十点钟准时见。"教官微笑着拉开铁门,看着邦德的背影消失在走廊尽头。

其实教官对邦德的枪法十分满意,但是不能让他知道。虽然邦德才二十岁出头,但他已经是整个情报局里最出色的枪手了。

只有局长M和他的办公室主任才有权力知道这一点。每次邦德的射击情况都要由办公室主任记录,并送给M审阅,之后收录到邦德的个人机密档案中。

邦德顺着楼梯来到装饰着绿色粗呢的地下室门前，推开大门，走向了电梯间。

这座电梯将把他送往大楼的第八层，秘密情报局的总部就在这里。邦德对自己刚刚的射击记录非常满意，但是并没有因此而得意忘形。他的手指在口袋里反复地做着扣动扳机的动作，心里想着怎样才能再快一点儿，好击败那台机器。

那台机器会在他射击时，快速地弹出人形靶，并且在短短三秒钟之内收回，同时用一把装着空弹匣的手枪向他还击，将一束细细的光线射到他身上，然后拍下照片。

要是光线再亮一点儿就好了，邦德想着。不过，M坚持认为，射击一定要在光线较差的条件下进行，这样才能更好地还原真实的对战情景。M想让他手下的所有情报员都成为全能型的神枪手。在他看来，只是在一块硬邦邦的纸板上打出出色的成绩，根本算不了什么。

"叮"的一声，八楼到了。邦德走出电梯，进入了一条带有隔音装置的走廊。他的身旁穿梭着拿着文件忙碌进出的姑娘，还有此起彼伏的电话铃声。

邦德将刚才的思绪收回，准备开始他在总部的日常工作。

他在右手边的最后一个房间门前停住，这个房间和他经过的其他房间没有什么不同，门上没有任何标志，连门牌号都没有。这里的每一个房间都有人从事着专门的工作，不允许外人参观，就连隔壁的工作人员都不可以随意进入。

邦德敲了敲门，在门口等待着。他低头看了看表，刚好是中午十一点。星期一最难熬了，积攒了两天的文件要在一天之内全

第一章
红色电话的呼唤

部整理出来。而周末这两天又恰恰最容易出乱子。

这时候,门开了,他美丽的女秘书出现在门口。

"早上好,丽尔!"邦德笑着招呼道。

可他的秘书却没有领情,原本脸上的微笑在看到邦德的衣服后,瞬间收敛了起来。

"外套给我,"她冷冷地说,"火药味儿难闻死了!"

邦德把外套递给她,然后静静地站在办公桌旁边,看着这间被收拾得整整齐齐的办公室。这里没有办公室的冰冷,而是充满了人情味儿。

秘书把衣服挂在窗口通风处。她身材高挑,皮肤稍黑,呈现出一种含蓄的美。在情报局五年的工作和多次大战的经历,为她又增添了一丝冷峻。

这是一个冰美人,邦德和其他工作伙伴一直都觉得她过于冷漠。但他们不知道的是,不管他们当中的哪一位身处险境时,她都会担心得不得了。

她已经在情报局工作五年了,对这份工作的危险与恐怖再清楚不过。有那么多充满信心去完成任务的伙伴们,到头来都有去无回,有一些连尸首都见不到。每天她都在惶惶不安中过日子。

其实她也很矛盾,理智告诉她应该从情报局退出去了。但是,一想到情报局培养了她那么多年,对她来说,情报局就像是她的父亲一样。如果她离开了,那就和背叛没有什么两样,所以,她不允许自己做出这样的事情。

此时,丽尔从窗边转过身。邦德看向她那双灰色的眼睛,问道:"有信件吗?"

"没有。"丽尔干脆利落地回答,"不过,你的办公桌上可堆了不少公文,够你忙活一阵子的了。对了,据安保部门传来的消息说,008已经逃出来了,现在正在柏林养伤呢,真是个好消息!"

邦德快速地扫了她一眼:"你什么时候听说的?"

"大概半个小时以前。"

邦德起身走进了身后的一扇门,里面是一间宽敞的办公室,放着三张办公桌。这三张桌子分别属于008,011和邦德。在这三个人当中,邦德的资历是最高的,他的代号是——007。

他关上门,走到窗边,看着外面公园里郁郁葱葱的树木,心中想着丽尔刚刚说的话。

看来比尔成功了,可是在柏林养伤听上去可不太好,他一定伤得很严重。

邦德叹了口气,在办公桌旁坐下来。心中思索着,011现在又怎么样了呢?他在新加坡已经失踪两个月了。而自己,只能守着这一大堆无用的公文,却什么也做不了。想到这里,邦德不禁有些烦躁。

他无奈地摇了摇头,将文件盒拉到身前,冷静下来,然后打开了最上面的一个文件夹。那里面装着一张波兰南部和德国东北部的详细地图。一条醒目的红线连接着华沙与柏林。在地图的上方,还附上了一条备忘录:"主线,从东方到西方的绝佳逃亡路线。"

邦德掏出他的黑色烟盒和打火机,放到了桌上。这种烟盒看上去和普通的烟盒没有什么差别,不过,它可是一件特别实用的

第一章
红色电话的呼唤

防身武器，因为它能射出一发射程为两米的子弹。

邦德开始认真读起文件来，这就是他的日常工作。

但是，作为特工，邦德每年都会去执行两到三次特殊任务。其余的时间，除了做做看文件这样的轻松活儿，他的生活过得相当清闲。

邦德没有固定的假期，只是在每次执行完任务后，他会有两个星期的休假。邦德的年薪有一千五百英镑，这相当于政府部门主要官员一年的收入了。除此之外，他还会有一千英镑的税后津贴。并且在执行任务时，他可以任意用公款消费。所以，即使他不出差，每年两千五百英镑的收入也足够他活得舒舒服服的了。

邦德把所有积蓄都花在了他舒适的公寓和一辆超强动力的跑车上面。这一切全都由一位叫狄梅的老管家打理。

邦德不想留下什么存款，他这种性质的工作，法定的退休年纪是45岁。每当他心情不好的时候，就会觉得自己根本活不到那个岁数。如果他在退休之前不幸丢掉了性命，那他就把房子和车留给老管家；如果自己还活着，就在房子里靠退休金生活。

也不能怪邦德如此消极，自从他被编进OO段特工组之后，在执行任务时早就经历过不知道多少次生死。他也不知道还有多少次任务在等着他。

邦德一份一份地看着手中的文件，就在这时，一阵急促的电话铃声响了起来。

在邦德的办公桌上，安装着三部电话。外线电话是黑色的，各部门的公务电话是绿色的，红色的那部则是局长M和办公室主任的专线。而此时响起的，正是那部红色电话熟悉的铃声。

电话那头是办公室主任。

"能马上来一趟吗?"主任亲切的语调传来。

"M有事找我?"

"不错。"

"能给点儿线索吗?"

"也许是想你了,邦德。"主任打趣地说。

"好的,我马上就来!"邦德答应了一声,放下话筒。

他穿好外套,通知完秘书,就朝着电梯间走去。

在等待电梯时,邦德想起了曾经的时光,也是在这样一个无所事事的日子里,突然响起的红色电话将他带入了另一个世界。

邦德耸耸肩,不知道这次又会把他派到哪儿去。星期一准没好事!

电梯门开了。

"十层。"邦德一边说一边走进了电梯。

第二章 作弊的亿万富翁

詹姆斯？这个称呼可有些不同寻常。就以往来说，M只是直接说事情，就算是加上称呼，也是007，或者是7号。像今天这样叫着自己的名字可是从来没有的事。

　　第十层是整座大楼的最高层。这里的大部分房间都是通信部门。楼顶的平台上矗立着三座天线塔，下面安装着全英国最大的无线电发报机。

　　邦德走出电梯，转向左手边。脚下是一层厚厚的地毯，铺往M的办公室，办公室的房门上蒙着绿色的粗呢。

　　邦德没有敲门，直接推开了绿色大门，顺着门廊走进了倒数第二间屋子。M的私人秘书潘妮小姐停下手中的工作，向邦德微微点了一下头。

　　听到声音，办公室主任走了出来，他和邦德差不多年纪，脸上带着亲切和蔼的微笑。

　　"M在等你，待会儿我们一起吃午饭怎么样？"

　　"好啊！"邦德说完话，就转身进入了潘妮小姐身旁的屋子，并把门带上。

　　"我看M找他不见得是公事，"主任对潘妮小姐说，"M是心血来潮把邦德叫来的。"

　　说完，主任就回到自己的办公室继续忙他的工作去了。

　　邦德走进房间时，M正在点燃他的大烟斗。他挥动着火柴向邦德比了个手势，邦德便在身旁的椅子上坐了下来。

第二章 作弊的亿万富翁

从邦德进门开始,M的眼睛就一直没从他脸上离开。M将手中的火柴盒扔到桌子上。

"假期过得还好吗?"过了好一会儿,M突然开口问道。

"很好,先生。"邦德回答。

"看得出你玩得不错,晒黑的肤色还没恢复呢。"

"确实是这样,您知道,靠近赤道的天气实在太热了!"

"希望这样的肤色不会持续太久,"M一本正经地说道,"在英国,皮肤黝黑的人总会引起人的怀疑。"M抖了抖烟斗,不再说话。

M认真打量了一会儿邦德,接着又把目光放在自己的烟斗上,默默吸了几口。烟斗已经灭了,M伸手拿出火柴,又把它点上。

两个人沉默了好一会儿,窗外时不时飞过几只鸽子,"扑扑"拍打着翅膀。

邦德仔细盯着M那张历经沧桑的脸,想要从那上面看出些什么,他十分熟悉这张脸,可是M那双灰色的眼睛丝毫没有波澜,邦德看不出任何端倪。

M是不是有什么难言之隐呢?看起来他好像是有什么话不知该怎么开口。邦德这样想着,慢慢把目光从M身上挪了下来,开始低头打量着自己的双手,然后又漫不经心地抠起了指甲——他想通过这种方式帮M开口。

终于,M放下了烟斗,抬起头。他清了清嗓子。

"咳咳,你最近手上有什么特殊任务吗,詹姆斯?"

詹姆斯?这个称呼可有些不同寻常。就以往来说,M只是

直接说事情,就算是加上称呼,也是007,或者是7号。像今天这样叫着自己的名字可是从来没有的事。

"只是处理处理文件,练习一下射击而已,"邦德认真地回答,"您是有什么事情需要我去做吗,先生?"

"确实有点儿事情,"M烦躁地皱了皱眉头,看向邦德,"不过这事和情报局没什么关系,纯属一件私事。我想也许你可以帮我这个忙。"

"当然可以!"邦德愉快地回答。

总算打破了僵局,邦德顿时感觉轻松了不少。也许是M这个老头子的哪个亲戚惹了麻烦,而他又不好向政府开这个口,所以才找他来帮忙。

M这个人向来一丝不苟,为了自己的私事而动用政府的人力物力,对于他来说就像是偷窃一样。也许这就是刚刚M迟迟不愿意说出来的原因吧。

"我就知道你会答应的,"M粗着嗓子说,"不会耽误你太长时间,只需要一个晚上。"

M停顿了一下。

"你听没听说过雨果·德拉克斯爵士这个人?"

"当然听说过,"邦德听到这个名字非常惊讶,"无论哪一份报纸上都能看到有关这个人的报道。《星期日快报》上甚至一直在连载他的生平事迹呢!这个人好像很不一般。"

"那你就来说说你对这个人的了解和看法,看看是否和我想的一样。"

邦德稍稍整理了一下思路,然后开口说道:"这个人首先

第二章 作弊的亿万富翁

是一位民族英雄,很受人民的爱戴。虽然他的外貌并不出奇,脸上布满了战争时留下的伤痕,但是他花自己的钱为国家做了许多贡献,甚至有一些事情是政府都做不到的。人们十分喜爱他。"

说到这里,邦德发现M的眼神变得冰冷起来。他接着说道:"总之,这位刚刚过了四十岁的男人,让我们的国家始终处于安全之中,避免了许多战乱。不过迄今为止,都没有人能够解开他的身份之谜。对此,许多人都深表遗憾。"

M抽了抽嘴角,干笑两声:"是啊,他确实是一位非凡的人物。那么他还有哪些事迹呢?不妨也说给我听听。"

"在1944年的冬天,德军内部成立了一支可怕的队伍,大家把这支队伍里的成员称作'狼人'。'狼人'由各个国家的人组成。他们当时一举炸掉了英军的指挥部,食堂和战地医院也没能幸免于难。

"有一百多人在这次灾难中伤亡,德拉克斯就在这些人当中,他被炸掉了半张脸,并且在之后一年多的时间里,他完全丧失了记忆。人们认不出他,就连他自己也弄不清楚自己是谁。所有的伤者中,共有二十五个人无法验证身份,他们有的是因为肢体残缺得无法辨认,有的是因为提供不出任何能够证明自己身份的材料。

"一年之后,他被带到了国防部比对失踪人员档案。在看到一个名叫雨果·德拉克斯的人时,他表现出了一些异样的情绪,而他的身形和长相也多多少少与照片上的人相似。就这样,他开始在医院接受治疗,并且恢复得很快,渐渐地能够说出一些记忆中的事情了。之后战事部找到了一个曾经和雨果·德拉克斯共事的人，这个人确认了病人的身份，而寻人启事也一直没有找出德拉克斯，最终，他便以德拉克斯这个身份于1945年退役……"

"可他现在还是说不知道自己究竟是谁，"M先生接过邦德的话，"他是长剑俱乐部的会员，我经常和他在一起打牌、吃饭或者聊天。嗯，然后呢？"

邦德睁大了眼睛，对M的话产生了极大的兴趣。

"接下来的差不多三年里，这个人好像消失了一般。后来根据人们搜集到的消息，他好像是发现了一种被称为'铌'的矿砂，这种矿砂特别稀有，价格十分昂贵，熔点还极其高，是制造喷气式飞机引擎的上好材料，许多人都想要将这种稀有物据为己有。

"而这种铌矿砂每年只能开采出几千吨，德拉克斯早早预感到了喷气式飞机时代的到来，不知道从哪里搞来了一万英镑，购买了大量铌矿砂。然后转手卖给了一家美国的飞机制造公司，赚了一大笔钱。

"接着，他便全心投入了这个买卖当中。三年后，他就彻底垄断了铌矿砂的市场。接下来，他又开始搞投资，什么赚钱就去做什么。"

M先生慢慢抽着烟斗，平静地听着邦德的讲述。

"所有人都不知道他是怎么做到的。总之，不管谁需要什么东西，在德拉克斯那里总能买到，并且价格极高。短短五年的时间，他的财产已经多到无法统计。在那之后，他返回英

第二章
作弊的亿万富翁

国,开始挥金如土:住最好的庄园、开最好的跑车、用最豪华的东西……每个星期,报纸上都会出现他的消息。人们都希望他变得越来越富有,毕竟从没有一个退役的伤兵能在短短五年的时间里做到像他这样。

"接下来,他更是做出了一个惊人的举动:他给英国女王写了一封信,说自己愿意将手中所有铌矿砂的股份捐给国家,希望制造一枚超级核导弹。他已经设计好了图纸,还要拿出一千万英镑来招募能够制造导弹的人。之后,英国女王采纳了他的建议,还为他授予了爵士的称号。"

说到这里,邦德停了下来,似乎自己也沉浸到了这位非凡人物的伟大事迹中。

"没错,"M说道,"而那已经是一年前的事情了,现在,导弹就快要完成了。我没记错的话,它的名字就叫'探月号'吧?"

M说完后,就陷入了沉思,过了很久,他才将视线重新投向邦德。

"就是这样了,"M缓缓说道,"这是一位伟大而神秘的人物,可是只有一件事……"

M低下头,又敲了敲烟斗。

"什么事?"邦德问道。

M看向邦德:"雨果·德拉克斯玩牌作弊!"

"什么,作弊?"

"是的,"M皱了皱眉头,"一位亿万富翁竟然会在牌桌上作弊,你不觉得这很奇怪吗?"

邦德笑了笑:"其实也不算太奇怪,我知道有许多富翁都喜欢在玩牌时作弊。可是,德拉克斯会这么做,的确是让人有些想不通。"

第三章 跃跃欲试

站在镜子前,邦德静静地看着镜中的自己,那双灰蓝色的眼睛显得格外有神。冷峻消瘦的脸上充满了跃跃欲试和永不服输的劲头。

"这就是问题的关键,"M非常疑惑,"他为什么要这么做呢?在上流社会,玩牌作弊这件小事足可以让一个人身败名裂。可是德拉克斯作弊的手段,迄今为止还没有被人识破过。不过,长剑俱乐部主席巴希尔顿发现了他有些不正常,曾经来找我说起过这件事。我在之前帮过他几次忙,所以这回他想听听我的意见。巴希尔顿不想闹得尽人皆知,因为他也十分崇拜德拉克斯。但是,毕竟这种事情是藏不住的,一旦败露,就会被人大做文章。所以,他想找我来帮这个忙。"

M抬起双眼,看向邦德:"我打算让你来解决这件事,我记得,你是局里最好的牌手。当初为了任务,我可花了不少钱让你去学习打牌作弊的技巧。"

"是和一个美国人学的。"邦德慢慢说道,"那时候,我每天都要用十个小时来学习打牌的技巧。我还为此写了一篇详细的报告。这个人精通所有的打牌花招,那些鬼把戏没有一样能逃过他的双眼。那次多亏了他,我最后才能够顺利完成任务。"

"我想,德拉克斯一定没有这个本事,他作弊的手段也没有那么高明。"M说,"他只打桥牌,却是靠出小牌取胜,从来没有输过,这简直太不可思议了!他赢了俱乐部很多钱。虽然在俱乐部里,也有几位打牌的高手,可是没有谁能够保持连续十二个

第三章
跃跃欲试

月只赢不输。邦德,你认为他是用了什么样的作弊手段呢?"

"如果他不是一个专业的作弊者,也没有在牌上做什么记号的话,基本上就只剩下两种情况了,"邦德回答,"一是他偷偷看牌,二是和另一个对家有一套暗号。先生,德拉克斯是不是总和相同的人打牌呢?"

"我们只有在星期一和星期四才可以带自己的同伴过来打牌,在那天可以一直和同伴做对家。德拉克斯每次都会带一个叫梅耶的人来。那是个犹太人,牌打得非常好,是他金属生意的中间商。"

"也许看过他们打牌之后,我能从中看出什么。"

"我正是这样想的。"M说,"就今天晚上吧,我们在六点时碰头,然后一起去桥牌那里看看,怎么样?不管结果如何,你起码还可以吃上一顿丰盛的晚餐。"

"好的,先生。"邦德咧嘴笑道,"我愿意去玩玩,如果我发现德拉克斯作弊,就让他明白我已经识破他的把戏了,然后他应该就会收手了吧。"

"可以,邦德,"M笑着说,"谢谢你的帮忙。其实,我倒不是担心德拉克斯这个人,我只是不想因为他影响导弹工程的完工。好了,我们六点见吧!"

邦德站起身,朝M微微点了点头,就转身走了出去。看来今晚会过得不太一样。

秘书小姐仍然在工作,邦德在看到她桌面上的三明治和牛奶时,一下子想起了之前要和主任吃午饭的约定。

"他一定已经走了。"邦德说。

"都走了一个多小时了,"秘书看看手表,"现在已经两点半了,主任可能已经吃完饭,快要回来了。"

"看来我要赶在食堂关门之前去吃饭才行。"说完邦德朝秘书笑笑,就大步向电梯走去。

食堂里已经没剩几个人了,邦德匆匆吃完饭,就回到办公室继续处理文件。想起M刚才交代的事情,邦德快速完成了手头上的工作,打算回家做些准备。

他把车从车库中开出来,十五分钟后就到家了。

邦德径直走到书房,那里面摆满了各种书籍。在翻找了一会儿后,他从书架上拿出了一本《纸牌技巧》,将书丢在窗边华丽的书桌上。

接着,他走进卧室,脱下身上的衣服,随意丢在铺着蓝色床单的双人床上。之后走进浴室冲了个澡。

站在镜子前,邦德静静地看着镜中的自己,那双灰蓝色的眼睛显得格外有神。冷峻消瘦的脸上充满了跃跃欲试和永不服输的劲头。他抹了一把下巴,用木梳将头发梳理整齐,然后又在身上喷了些香水。

十分钟后,邦德就将自己打扮得焕然一新:时髦的白色绸缎衬衣、深蓝色的军裤和短袜、又黑又亮的鹿皮皮鞋。他坐在桌前,手里拿着一副扑克牌,面前摊着那本《纸牌技巧》。

接下来的半个小时中,他重新温习了一遍书中的纸牌手法。他眼睛盯着书,手指不停地做着动作。邦德很高兴,自己的手法丝毫没有退步,依然那么灵活熟练。

五点三十分,邦德满意地放下了纸牌,合上书。

第三章
跃跃欲试

他走进卧室,将黑色烟盒装满了烟,放进裤袋。然后,他穿上外套,检查了一下钱夹中的支票本。

邦德又考虑了片刻,然后挑选了两条白色的丝绸手帕,仔细地将它们叠好,分别装进了上衣的两个口袋中。

一切都准备妥当,邦德点燃了一支香烟,默默望向窗外的广场,舒缓着自己紧张的神经。一想到今晚将会有好戏看,邦德不禁又笑了起来。

长剑俱乐部成立于1776年,从俱乐部建成以来,一直都在稳定地发展。规模不断地扩大,游戏的种类也日益增多。随着俱乐部越来越繁荣,它逐渐成为伦敦最高级的娱乐场所。由于俱乐部的会员一直控制在两百名以内,所以能够入会的人非富即贵。这样一来,俱乐部的服务自然更不用说——都是无与伦比,极尽奢华的。

想到这里,邦德有些迫不及待。他去长剑俱乐部的次数不多,上一次可是输惨了,所以他对这一次格外期待,希望都能够赢回来。再加上德拉克斯这档子事,今晚一定会过得非常精彩!

邦德开着他的轿车朝俱乐部的方向驶去。在还差五六分钟到六点时,四周突然响起了轰隆隆的雷声。原本还不错的天气瞬间变得阴沉无比,天空马上黑了下来。

邦德抬头朝前面望过去,广场对面的广告牌突然亮了起来。邦德看到牌子上猩红的字母时感到格外惊讶。

他把车停下来,仔细地观察了一下这块广告牌。

原来是这样!刚刚广告牌上的几个字母被周围的楼群给挡住了。其实上面写的是:这里有夏天的贝壳。

邦德摇了摇头,继续开车上路了。

那么,刚刚邦德看到的是什么呢?

在楼房的半遮半掩下,他看到的分明是这样一句话:

"这里是地狱……这里是地狱……"

第四章 识破骗局

邦德的眼睛紧紧盯着德拉克斯发牌时低下的头和那双缓缓移动的大手。啊！终于识破你了！就是这个，是反光器！还是一个十分低级的反光器。这种小动作要是和行家对阵，用不了五分钟就会被识破。

邦德把车停在俱乐部门口，然后下车走到了这座大楼的正对面。这座亚当风格的建筑在暮色中显得格外柔和，楼上一扇窗户的深红色窗帘正被侍者缓缓拉开，邦德透过窗户向里看去，可以看到两个正弯腰赌钱的男人。

邦德推动旋转门，走进大厅，地上铺着黑白相间的大理石。侍者带领邦德登上装饰着红木栏杆的阶梯。走上楼，侍者推开了楼梯尽头的一扇房门，礼貌地弯下腰示意邦德进去。

房间里面的人并不多。M正独自坐在窗边，一个人玩着单人纸牌。邦德将侍者打发走，踩着厚厚的地毯，朝着M走过去。

"你来了。"M向邦德打着招呼，示意他在面前的椅子上坐下，"我马上就玩完这一局了。你要喝点儿什么？"

"不用了，谢谢。"邦德边说边坐了下来，然后聚精会神地看着M打牌。

今天的M看上去和任何一位俱乐部会员没什么区别。他身穿一套深灰色的西装，露出里面平整的白领子，还有他最喜欢的斑点蝴蝶结。M长着一张水手的面庞，清澈的眼睛里闪烁着敏锐的光彩。众所周知，M是英国皇家海军退役的高级将领。不过，大多数人只知道他的官阶与地位，却没有几个人知道M还有英国秘密情报局局长这一身份。

第四章 识破骗局

而邦德,虽然同样衣着华丽,可是那张清瘦的脸上总是带着一丝冷漠与危险,难免会让人觉得,这是一位不好惹的客人。

邦德自己也知道,他不那么像正统的英国人,可是在英国,想要隐藏真实的自己是一件十分困难的事情。不过,今天晚上,他也用不着刻意隐藏自己的身份。毕竟今天他不是来执行任务的,而是来消遣的。

M叫来侍者:"请把扑克牌拿来,好吗?"

侍者听到吩咐后,不一会儿就拿来了两副纸牌,拆掉包装后把牌和计分器一同放到了桌子上。

"再来一杯威士忌加苏打酒,"M对侍者说道,然后抬头看看邦德,"你确定不要喝点儿什么吗?"

邦德看了看表,现在是六点三十分:"那好吧,就给我来一杯马提尼,用伏特加搅拌,别忘了再加上一片柠檬片。"

"我们先打一会儿扑克牌,然后再去桥牌那边看看。现在我们要等的人还没有到呢。"

两个人打了半个小时的牌,在结束时,邦德数出了三英镑的钞票。

"看来我得找时间多练习一下扑克牌,"邦德说,"我还从来没有赢过您呢。"

"这东西全靠一副好记性和熟练程度。"M笑着说道,然后将杯中最后一口威士忌喝光,"时间差不多了,让我们去桥牌那边看看吧。他们大概进来十分钟了。如果你看出了什么不对劲的地方,就朝我点点头,我们到楼下去说。"

两个人站起身,朝房间外走去。刚刚还没有几个人的房间此

时已经开始热闹起来。许多牌桌正打得火热，还有几桌等待着别人的加入，好凑够人数玩起来。

邦德饶有兴致地观察着这一切，牌桌上时不时发出欣喜的欢呼和懊恼的哀叹声，酒杯碰撞叮当作响，侍者在人群中托着酒盘来回穿梭，绿色植物点缀着屋子里的每一个角落。在灯光的照射下，蓝色的烟雾袅袅升起。

邦德和M一前一后地走着，看似漫不经心地从一张桌子慢慢挪到另一张桌子，和各位玩家打着招呼，不知不觉中，他们来到了最后一张牌桌。

"加倍！加倍！"背对着邦德的那个玩家欢快地喊着，这人正是德拉克斯。邦德注视着他那头浓密的红头发，现在，他只能看到他的后脑勺儿。

邦德接着将视线移到左边，长剑俱乐部主席巴希尔顿正低着头专心致志地注视着手中的牌，那双大手紧紧地握着牌，就像护着什么宝贝似的。

"我的手气太好了！我还要加倍！"说着巴希尔顿看向他的对家，"没事，汤米，要是输了全都算到我头上！"

"别乌鸦嘴！"搭档汤米回应道。

"我赌Q在德拉克斯手上！"巴希尔顿说着亮出了手中的牌。

可这时，德拉克斯的搭档梅耶却亮出了Q。局势瞬间逆转，巴希尔顿他们输了这局。

"真是见鬼！Q怎么会在梅耶手上？"巴希尔顿愤愤地说。

德拉克斯轻轻笑了一声："看来你失算啦！喏，下一局该你

第四章 识破骗局

发牌了。"德拉克斯说着将牌向前一推。

这么说来，上一轮是德拉克斯发的牌，这一点非常关键，邦德在心中想着。

这时候，M的声音打断了邦德的思路。

"主席还记得我的朋友邦德中校吗？我俩今天想来玩两把。"

"晚上好，邦德！"巴希尔顿笑着向邦德打了声招呼，"这几位先生分别是梅耶、菲尔德和德拉克斯。"

邦德顺着主席的介绍向三位分别点了点头。

"这位就是麦耶上将，大家应该早就听过他的大名了。"主席又指着M向大家介绍道。

"啊！上将，真高兴见到您！"德拉克斯说，"要喝点儿什么吗？"

"不了，刚刚喝过一杯了，谢谢。"M微微笑道。

德拉克斯转过身，又抬头瞥了邦德一眼："你要吗？"

"不用了，谢谢。"邦德回答。

寒暄了两句，德拉克斯便转回身，开始继续打牌。

邦德绕着牌桌走了一圈，发现了一个线索——德拉克斯的摆牌方式几乎没有什么规律可循，这就暴露了他狡猾的一面。

邦德假装对桌上的牌局感兴趣，其实在暗暗观察着德拉克斯的一举一动。

德拉克斯给人留下的印象非常深刻。他体形壮硕，肩膀特别宽，方方正正的脑袋上长着一大一小两只眼睛，整张脸上长满了红色的胡须，从下巴一直延伸到耳朵后面。这些胡须挡住了当初

由于战争中不慎被烧坏的褶皱皮肤。而唇上浓密的胡须则是为了掩盖他天生突出的下巴和露在外面的龅牙。每当他一哈哈大笑,宽大的牙缝总会展现在人们面前。

邦德继续观察着,他发现德拉克斯很容易出汗。虽然此时外面响着轰隆隆的雷声,天气也非常凉爽,可是他依然用手帕不断擦拭着额头。同时,德拉克斯的手一刻也不闲着,一会儿摆弄摆弄纸牌,一会儿又碰碰桌子上银质烟盒旁边的打火机,不然就捋捋头发,擦擦脸上的汗。他那双大手粗壮有力,拇指却长得十分难看,几乎和食指一般长。

邦德又把视线移到德拉克斯的穿着上——十分高雅的西装,讲究的领带,外翻的袖口,一块看起来不太起眼却十分昂贵的黑色百达翡丽手表。

目前为止,邦德还没发现什么不对的地方。他将注意力放在牌局上,同时根据德拉克斯的行为举止与牌面相联系,试图看出些什么。

半个小时过去了,一圈牌已经打完。

"该我发牌了,"德拉克斯粗声粗气地说,"都玩这么长时间了,你们倒是赢上几把呀!我可不想一直当主角啊!"他熟练地发着牌,同时还不忘刻薄地开着玩笑。

"刚才那圈打得实在是太长了,"德拉克斯转过头对M说,"真不好意思,让你们等了这么久。等晚饭后,我们来玩上一把,怎么样?您的中校,哦,抱歉,我忘了他的名字,牌应该打得不错吧?"

"邦德,"M说,"詹姆斯·邦德。我们很乐意和您玩一会

第四章 识破骗局

儿,对吗,詹姆斯?"

邦德的眼睛紧紧盯着德拉克斯发牌时低下的头和那双缓缓移动的大手。啊!终于识破你了!就是这个,是反光器!还是一个十分低级的反光器。这种小动作要是和行家对阵,用不了五分钟就会被识破。

邦德抬起头,对上M的视线,眼中闪动着一抹了然的神色。

"当然可以了!"邦德显得非常兴奋,"我十分期待!"

这时,邦德不露声色地轻轻摆了下头,对M说:"您不是说在晚饭前要带我去看看赌金本吗?不如我们先去,待会儿再回来吃晚饭。"

"是啊,有这么回事!"M点了点头,"那我们现在就走吧,本子就在秘书办公室呢。对了,巴希尔顿,过会儿你可以来请我们喝一杯鸡尾酒,顺便告诉我们这场牌局的胜者究竟是谁。"

"好的,想要喝什么随便点。"巴希尔顿机敏地看了一眼M,"等我打完这副牌就下去。"

"那我们就在九点左右开始。"德拉克斯打量了一下M和邦德说。接着他又拿起手中的牌,抽了一口烟,对巴希尔顿说:"我这局赢定了!"

邦德跟着M走下了楼梯,两人一前一后地走进了秘书办公室。办公室没有开灯,M打开电灯开关,转身坐在了堆满文件的桌子前的椅子上。

"你发现了什么?"M抬起头看着邦德。

"他确实作弊了。"

"哦？"M低低地回应了一声，"那他是怎么作弊的？"

"他用了反光器，"邦德回答，"您是否注意到了他放在面前的那只烟盒呢？德拉克斯在刚才那一会儿抽了将近二十多支烟，但自始至终没有从那只烟盒里取出过一支。其实他是怕自己的手印留在烟盒上，影响视线。那只烟盒被擦得锃亮，他在发牌时将牌抬到烟盒上的位置，这样他每发一张牌，都能在烟盒上映照得一清二楚，那只烟盒就相当于镜子。而德拉克斯的生意既然能做得那么好，记忆力一定也非常好。所以每当他发牌的时候，都清楚地知道每个人手中的牌。这样一来，他总能赢牌也不是什么稀奇的事了。"

"可是为什么他没有被人发现呢？"M问道。

"首先，每个人在发牌的时候目光都会向下看，所以他低头是一件很正常的事情。而且他的手掌很大，能够很好地做掩护。再加上德拉克斯在打牌时喜欢说一些玩笑话，这也分散了玩家一部分的注意力。所以他总是能逃过大家的眼睛。"

这时候，门突然被用力推开。只见巴希尔顿气冲冲地走了进来。

"真是太气人了！明明我们手上抓的牌特别好，可是德拉克斯就好像事先知道我们的牌一样，偏偏不让我们得手！"

巴希尔顿让自己的心情平复了一下，然后问道："怎么样，看出什么端倪了吗？"

M向邦德做了个手势，邦德又把刚刚的话重复了一遍。

"什么？这个可恶的家伙！"巴希尔顿听了邦德的话气得双眼直冒火，"他到底为什么要这么做？他的钱明明多得花不了！

第四章 识破骗局

我一定要向委员会举报他!"

巴希尔顿愤怒地在屋子里走来走去,马上又想到了一件让人生气的事:"可是他的那枚导弹马上就要发射了,关键的时候可不能出乱子!天哪,有那么多人还把他当作大英雄呢!真可怕!"

一想到这点,巴希尔顿又发起了愁。他转身看向M:"这要怎么办呢?德拉克斯已经在这个俱乐部里赢了一万英镑了,这都是他作弊得来的。可是一旦向委员会举报,这件事情就一定会被弄得尽人皆知。你们曾经和我说过,如果没有德拉克斯就没有'探月号',而'探月号'从某种意义上来说,就是英国的希望。这真是一件难办的事情!"

巴希尔顿看了看M,又转头瞧了瞧邦德:"有什么更好的解决方式吗?"

邦德镇定地说:"我们得给他一点儿教训,让他停手。"接着,他又笑了起来,"只要俱乐部同意,我们可以以其人之道还治其人之身!"

"你要怎么做就怎么做吧!"巴希尔顿坚定地说,"你想到了什么好主意?"

望着邦德充满自信的眸子,巴希尔顿觉得这件事情有了一丝希望。

"这样,"邦德说,"我可以让他明白我已经识破了他的手段。然后再用他的手段赢他一大笔。这样梅耶也得跟着他一起倒霉,同样要输掉不少钱。你们看这个办法怎么样?"

"我觉得没什么问题,就算输钱也是他应得的!"巴希尔顿

依然有些愤愤不平,不过看上去比刚才轻松了不少。

"您觉得呢?先生?"邦德又问了问M。

M思考了一会儿,但脸上没有什么犹豫之色。

"好吧。虽然我不是很喜欢这个做法,但是也不得不这样办。只要做得干净利索,别留下什么把柄就好,"接着,M又笑了笑,"对了,我可不会做那套遮牌的把戏。"

"放心吧!"邦德回答,"我们会成功的。"

邦德摸了摸口袋中的丝质手帕,然后说:"请让我自己在这儿待上十分钟,然后准备两副用过的扑克,要不同颜色的。谢谢!"

第五章　晚餐

> 他和我想象的没有太大区别：精力旺盛、冷酷残忍、阴险狡诈、放肆大胆。他能够爬到今天这个位置我一点儿也不奇怪。不过只有一点我搞不明白，他到底为什么要作弊？

八点钟的时候，邦德走出了秘书办公室，穿过长长的楼梯，走进了金碧辉煌的俱乐部餐厅。

他来到M身边，两个人在舒适的扶椅上坐下，M坐在邦德的左边，正好背对着所有来宾。

餐厅经理一直拿着菜单慢慢地跟在两个人身后，等他们就座后，才把菜单恭敬地放在餐盘旁边。

"想吃点儿什么，邦德？随意点。"M把菜单递给邦德，然后转头对餐厅经理说，"来一份鱼子酱，还有上好的培根，再加上一杯樱桃酒。谢谢。"

"我喜欢吃烟熏的三文鱼，另外再来一份香肠吧，加上一片菠萝。"邦德点完餐后将菜单向前一推，舒舒服服地向后靠去。

"不来些伏特加吗？这个伏特加可和你加进鸡尾酒里的那种不一样，它可是在战前精心酿造的，配上你的三文鱼正好。"M转过头向邦德建议道。

"啊！那我真想来点儿。"邦德高兴地说。

餐很快就上齐了。

M扭头看了一眼正在餐厅另一边粗声大笑的德拉克斯，然后转过身开始吃他的鱼子酱。

第五章
晚餐

"你觉得德拉克斯这个人怎么样?"M问邦德。

邦德将口中的三文鱼仔细嚼了嚼,然后咽下。

"这三文鱼的味道真不错!"邦德看了M一眼,不紧不慢地说,"他的行为举止在俱乐部里一定不讨人喜欢。野蛮、粗俗又霸道,估计有很多人都讨厌他。只不过看在他是个亿万富翁,又是民族英雄的分上,大家都不想得罪他,只能对他礼貌相迎。

"而且,他和我想象的没有太大区别——精力旺盛、冷酷残忍、阴险狡诈、放肆大胆。他能够爬到今天这个位置,我一点儿也不觉得奇怪。不过只有一点我搞不明白,他到底为什么要作弊?为什么将自己置于这样一个危险的境地?他是要证明什么吗?还是想要让别人知道,他无论做什么都可以做到最好?

"在牌桌上,他十分紧张,好像打牌并不仅仅是一场游戏一样。你看,他把指甲都咬得露出肉来了,还不停地出汗。在牌桌上开的那些充满讽刺的玩笑,每一个都是如此伤人。他那个架势就好像要把巴希尔顿当成苍蝇一样拍死,就连对待自己的搭档梅耶也是如此。我实在是忍不住了,一定要好好教训教训他!真是不敢相信,我们的民族英雄竟然是这副模样!"

"我明白你的意思。"M说,"不过,不得不说,他能够从利物浦码头那样脏乱的地方走出来,并取得如今这样令人瞩目的成就,还是十分了不起的。可是这种人天生就缺乏教养,既然他能够在牌桌上如此,想必他在向上爬的过程中也

没少做龌龊事。"

两个人又闲聊了几句,这时候一位服务生来到了他们桌前。

"哪位是邦德中校?"服务生问道。

"我是。"

服务生将手上的信封递了过去。

"谢谢。"

邦德撕开信封,从里面拿出一个小小的纸包,纸包里是一些白色的粉末。他拿起桌上的水果刀,挑了一点儿撒进他的伏特加里。

"你这是在做什么?"M看了一会儿,忍不住问道。

"哦,是一种提神的药,"邦德笑着回答说,"它的作用跟巧克力差不多,吃了它,就能让我的头脑保持清醒,体力也会得到补充,正好有利于今晚的行动。"

邦德用叉子在酒杯里搅拌了几下,然后将里面的液体一饮而尽。

"伏特加确实不错,只是药味太浓了。"邦德不满地皱了皱眉头。

"现在让我们来好好吃顿晚餐吧!"M说着咬了一口香喷喷的培根。

餐厅里金光灿灿的,大约有五十多个人在这里用餐。每个人都穿着精致的礼服,优雅地端着酒杯,脸上挂着十分得体的微笑。

大厅的中央悬挂着闪闪夺目的水晶吊灯,投射出耀眼的

第五章 晚餐

光芒，将墙壁上精美的雕刻映照得栩栩如生。

邦德惬意地欣赏着眼前的一切。过了一会儿，许多餐桌就已经开始散席了。大家纷纷往门口走去，互相约好了接下来的赌局。

就在这时，德拉克斯那张满是胡须的脸出现在了M和邦德的眼前。

"先生们，准备好被我宰杀了吗？"德拉克斯笑呵呵地用一根手指划过自己的咽喉，"我们要先去磨磨刀，赶快准备好遗嘱吧！"

"你们快去洗牌吧！"M颇为恼怒地说道，"我们马上就来。"

"哈哈，"德拉克斯大笑了两声，"我们可用不着做什么手脚，你们快点儿啊！"

接着，德拉克斯便向门口走去。身后的梅耶好像有些担忧，朝M和邦德微微点了下头，也连忙跟上去了。

"怎么样，计划都准备好了吗？"待德拉克斯二人走出餐厅，M转过头向邦德问道。

"是的，先生。我打算先给他们点儿甜头，然后再狠狠地宰他们一顿。如果我下的赌注非常大也不要担心。"邦德回答道。

"在德拉克斯发牌的时候要小心些，我会坐在他的左手边，等到时机成熟时下手。"他又补充道。

"好的，"M说，"还有什么要注意的吗？"

邦德想了一会儿。

"还有一件事,"他认真地说,"当我准备行动时,会从我的口袋里掏出一块白手帕。那就表示你将会抓到一把十以下的小牌,那一把就由我来叫牌,希望您不会介意。"

第六章　牌局开始

M和邦德没有猜错,在换成德拉克斯发牌后,他们果然打成了一盘。不过是作弊搞的鬼而已,这期间德拉克斯可没少做小动作。

当邦德和M走进棋牌室时,德拉克斯和梅耶早就在那里等着他们了。他们身旁的桌子上摆放着咖啡和一大桶冰镇白兰地。德拉克斯正撕着一副新牌的包装,另一副牌早已在牌桌上摆好。

"你们总算来了!"德拉克斯说道。接着他便迫不及待地从桌子上的牌中抽出了一张。

这是在选择座位,谁抽中的牌点数最高,谁就可以选择自己想坐的位置。

德拉克斯直接抽到了最大的牌,他选择坐在原地。邦德则坐在了他的左边。

M叫了一位侍者过来,同样要了一些咖啡和白兰地。然后拿出一支细杆的方头雪茄递给邦德,接着便开始洗牌。

"打算赌多大?"德拉克斯看着M问,"是'一比一',还是再大一些?'五比五'我也不介意。"

"'一比一'对我来说已经足够了,"M回答,"邦德,你觉得呢?"

"你的客人心里应该有数吧?"还没等邦德回答,德拉克斯就尖着嗓子在一旁讽刺道。

邦德看了M一眼,然后转过身微笑地看着德拉克斯:"我是无所谓,要看你想从我这儿赢走多少。"

第六章 牌局开始

"我会让你输得一干二净!"德拉克斯兴奋地说道,"你又能输得起多少呢?"

"你还是先把我赢光了再说吧!"邦德好像突然下了决心,"不如我们就'五比五'?"

话一出口,邦德就有些后悔了。这可是每盘最低500英镑的惊人赌注啊!万一他运气不好,满盘皆输,那他整整两年的薪水可就全都泡汤了。搞不好还要向M借钱,M也不是什么有钱人。啊!他怎么能如此冲动?被对方的几句话就轻而易举地激怒了,M还要被自己白白地拖下水。邦德感觉自己的汗珠好像快要淌下来了。

德拉克斯充满怀疑和讽刺地看着邦德,然后回头看了一眼M。M正面无表情地洗着牌。

"你的客人应该不会说话不算数吧?"德拉克斯那轻蔑的语气可真欠揍!

邦德看向M,M的脸一瞬间涨得通红,手上的动作也停顿了片刻,但他很快就恢复了常态,抬起头来,目光冰冷地看着德拉克斯。

"怎么?你的意思是说我没有能力为我的客人担保是吗?"M缓慢又平静地说。

他将手里洗好的牌用左手递给德拉克斯,右手弹落的烟灰掉在铜制的烟灰缸里,发出"滋滋"的响声。

"当然不是,当然不是,我不是那个意思!"德拉克斯看了M一眼,接过了牌,又转头对邦德说,"好吧!"他好奇地打量着邦德,"就'五比五'。梅耶,你还想要加大赌

注吗?"

"哦,不不!对我来说这已经足够了,如果你不希望我再加一些的话。"梅耶紧张兮兮地看着自己的搭档。

"我不会勉强你,"德拉克斯说,"我只是希望自己赌得大一些,这样才尽兴。好吧,开始吧!"

看着梅耶害怕的样子,邦德突然没有那么在意赌注的大小了。现在,他最想做的就是给这个长毛猴子一个终身难忘的教训。他要让他永远记住邦德这个名字,记住今天晚上所发生的一切。什么"探月号",什么伟大意义,统统都见鬼去吧!现在这是两个男人之间的战斗了。

德拉克斯开始故作随意地在银质烟盒上发着牌,记忆着每一张划过烟盒的牌的点数。这一切都在邦德眼中清楚地呈现着。邦德一点儿也不后悔了,更加舒服地坐在靠椅上,惬意地喝了一大口冰镇白兰地。

他抬起头向M看去,二人四目相对,会心一笑。

"希望你能喜欢这种酒!"M说着拿起了桌上的牌。

邦德也抓起了自己的牌。这把没什么大牌,好在花色分布还比较均匀。由于邦德和M出牌比较谨慎,这一局打得有惊无险。

第一局,邦德和M的运气依然很好,经过一番较量,他们胜出。德拉克斯十分气愤,因为这一他们输掉了九百英镑。

"难道就这么一直玩下去了?"德拉克斯问道,"要不要重新换一下座位?"

M和邦德互相看了一眼,他们非常明白德拉克斯的意图——

第六章 牌局开始

不过是想要发牌罢了。

邦德摊了摊手："我没意见。"

M也表示同意："看来刚刚我们选的位置不错！"

"接下来可就不一定啦！"换过座位的德拉克斯看起来高兴了不少。

M和邦德没有猜错，在换成德拉克斯发牌后，他们果然打赢了一局。不过是作弊搞的鬼而已，这期间德拉克斯可没少做小动作。

"你的牌打得也太好了！"梅耶十分讨好地夸赞着，"你简直太神了！"

"哈哈哈！"紧接着就听见德拉克斯那粗俗的大笑声。

邦德想，是时候旁敲侧击一下他了。

"是记忆的作用吧！"邦德看似漫不经心地说道。

这时候德拉克斯的眼神突然变得犀利了起来。

"记忆？你这是什么意思？你没有看到我是用飞牌才打赢的吗？"

"你误会了，我是想说，推算加上牌感，这不是一名优秀的牌手所具备的素质吗？"

"哦，"德拉克斯缓缓地说，"原来是这个意思。"

很快，又一局开始了。

邦德在发牌时能够感觉到一道目光紧紧锁定着自己。他抬起头，德拉克斯的眼睛正死死瞪着他。

难道他在怀疑我已经看出了他的发牌手段？想到这儿，邦德决定输上一局，让德拉克斯更加摸不着头脑。

于是,邦德在这一局把前两局赢的那些钱全都输了进去,还倒赔了两百英镑。

"谢谢你啦!"德拉克斯得意地说着,"希望你下一局能赢回来点儿。"

可惜,接下来的一局邦德没有赢回来。

"哈哈!真是天助我也。"德拉克斯高兴得红光满面。

邦德将手中的酒一饮而尽,像是给自己打气一般。

"再来!"邦德哑着嗓子大声说道。

然而,接下来的一局,邦德又输了。

这时候,邦德突然意识到自己已经输掉一千五百英镑了。M将酒杯倒满,递给邦德。

"邦德,不如再喝上一点儿。"

邦德看了看M,将杯中的酒再次喝光。

"这一盘,我们赌注再加倍,如果赢了,我一定可以回本!"邦德好像失控一般地说着。

德拉克斯已经发好了牌,他抬起头打量着邦德,看到他连举起酒杯都要费上好大一番力气。

"可以啊!不过我手里可是一副好牌,你可不要后悔啊!"德拉克斯很快就同意了。

"当然不后悔,我要和你赌到底!"说着邦德哆哆嗦嗦地拿起了牌。

"那好啊!"德拉克斯笑道。

运气终于回到了邦德这边,这一手牌他和M顺利地将输的钱一下子赢了回来。

第六章 牌局开始

邦德哈哈笑着,看到眼前德拉克斯那张不停冒汗的脸,不禁挖苦了一下他。

"不是天助你也吗?"邦德快活地说。

德拉克斯气愤地冷哼了一声。邦德看了看M。他正一脸满意地点起了一支雪茄。邦德还从来没有见过M如此自在的样子呢。

"我只能玩最后一局了,"邦德说,"明天还要早起呢。大家别介意。"

M也看了看表:"时候确实不早了。梅耶,你看呢?"

可怜的梅耶一晚上连大气儿都不敢出,一副伴君如伴虎的神情。听到结束的提议,他正求之不得。

"我没有意见。"他连忙说,"你呢,德拉克斯,也该回去睡觉了吧?"

德拉克斯没有搭理梅耶,而是将视线放到了邦德身上。

他看到邦德一副醉眼蒙眬的样子——头发汗津津地贴在额头上,灰蓝色的眼睛迷醉在酒意里。

德拉克斯勾起嘴角,阴险地笑了笑:"打了一晚上也没分出个胜负,到现在为止,你仅仅赢了一百多英镑。如果你现在要走,当然完全可以。不过,既然是最后一局,不如我们玩个痛快!我们以'十五比十五'的赌注来上一次历史性的较量!怎么样?"

邦德静静地盯着他,并没有急着回答。最后一局,他要让德拉克斯永远记住刚刚他说过的话!

"到底行不行?"德拉克斯有些没耐心了。

  邦德紧紧地盯着德拉克斯的双眼,一字一句地说:"我接受你的挑战!"

第七章　请君入瓮

> 梅耶看上去好像随时要脑卒中一样，汗水顺着他苍白如纸的脸一直流到了下巴，他颤抖着双手，深深埋着脑袋。他心里好像已经预料到了，自己出的第一张牌将会闯下大祸。

牌桌上突然变得寂静无声，终于，梅耶忍不住用那颤抖的声音打破了沉寂。

"德拉克斯，你听我说！"他惶恐不安地叫着，"这一把可别算上我！"虽然，梅耶知道这只是邦德与德拉克斯之间的赌注，可是他仍然希望德拉克斯能够意识到，即使是这样，万一他们输掉了，自己也会损失一大笔钱。

"你就只管打你的牌好了，这事与你无关！"德拉克斯粗着嗓门说，"我不过是与这位莽撞的老兄找个乐子罢了！快来，这把我来发牌！"

这时候，邦德的头脑变得清楚起来，手也不抖了。终于到了关键时刻，他靠在椅背里，已经将一切都算计好，就等鱼儿上钩了。

邦德拿起自己的牌，双眼格外有神。这一局是德拉克斯发牌，邦德少有地抓到了一把好牌：一连七张黑桃，外加四张最大的牌。他倒想看看德拉克斯如何处理。

"不叫。"德拉克斯的声音里带着一丝紧张，显然他是因为知道邦德手中的牌才这样的。

"四黑桃。"邦德叫。

"不叫。"梅耶说道。

第七章 请君入瓮

"我也不叫。"M说。

德拉克斯开始犹豫。

M和邦德配合得很好,最终他们打成了五黑桃。

"哟!"邦德的身边传来了一阵喝彩声,原来是巴希尔顿来到了桌旁,观看战况。

"看来这局是你赢了啊!下的多少赌注?"巴希尔顿高兴地说。

邦德幸灾乐祸地想要让德拉克斯来回答这个问题。巴希尔顿来得真是时候,恰好分散了德拉克斯的注意力。接过他切好的牌,邦德将牌交叉洗好,放到了离他最近的桌边上。

"十五比十五。"德拉克斯不得不回答。

"啊?"巴希尔顿不禁惊叫出声,"赌得也太大了吧!"

"这位朋友想玩个痛快,我自然奉陪!只不过现在他比较走运,好牌都让他抓走了。"德拉克斯嘟囔着。

这时候,桌子对面的M看到邦德的手中出现了一条白手帕。M眯了眯眼睛,看到邦德的目光锐利地扫过德拉克斯。

接着,邦德用那条手帕擦了擦头上的汗,又放回了口袋中。

邦德开始发牌了。巴希尔顿紧张地走到了M和德拉克斯中间。

邦德有些紧张地拿起了手中的牌,认真地看了一遍。

没错了!陷阱已经布好。

德拉克斯将牌一张张地捻开,突然,他的身体一下子变得笔直。然后好像不敢相信似的又重新看了一遍。

只有邦德明白他为什么会有这种反应,因为德拉克斯抓到了

几乎是桥牌中最好的一副牌了。

但是德拉克斯万万想不到,其实邦德早就在秘书办公室里把这些牌分好了。

邦德想看看面对这样一副大牌,德拉克斯还会有什么反应。他已经迫不及待地等着德拉克斯上钩了。

然而德拉克斯的反应却有些出人意料。

他并没有马上看向邦德,而是不慌不忙地把牌放到桌子上,又掏出了一支烟点上。然后又把牌拿起,这时候才抬眼狡猾地看了一眼邦德:"我的牌还不错,但是我估计你的牌一定也不赖,那么咱们要不要再加一点儿赌注?"

邦德一边装出一副醉眼蒙眬的样子,一边在心里暗暗想:真是一个老油条!你的手上已经有三对A和三对K了,我怎么可能还会有好牌!

不过,邦德依然装模作样地又看了看自己的牌:"哦!看上去我的牌还真不错,如果我的对家和我配合得好,也许会赢上好几墩呢!"

"哈哈,那我们可真是棋逢对手啊!"德拉克斯虚伪地说,"既然这样,我们不如每墩再加上一百镑,怎么样?"

邦德犹犹豫豫地看着德拉克斯,又将手里的牌一张一张地仔细看了一遍。

"好吧,既然说了就要算数。不过,这牌明摆着是你占上风,我可算是舍命陪君子了!"

邦德接着又摇摇晃晃地看向M:"看来,这回我们要输点儿钱了。好吧,来吧,我叫……嗯,七梅花。"

第七章 请君入瓮

接下来,便是很长一段时间的死寂。刚刚看到过邦德牌的巴希尔顿,此时吓得连话都说不出来。手中的酒杯也"嘭"的一声掉在了地上。

"什么?"德拉克斯惊讶极了,连忙又检查了一遍自己手中的牌。

"你是在叫梅花大满贯吗?"德拉克斯怀疑地看了邦德一眼,这家伙一定是喝多了吧!

"既然你自己找死就别怪我了!梅耶,该你了。"

"不叫。"梅耶耷拉着脑袋说。

"不叫。"M冷静地跟着说。

"加倍!"德拉克斯一脸愤恨地说道,他的眼睛毒辣地瞪着邦德,那个样子就像是在看着一个喝醉的白痴,恨不得马上要将他大卸八块。

"你是说我们的超级赌注也一样加倍吗?"

"对!"德拉克斯贪婪地说道,"我就是这个意思!"

"很好。"邦德没有看向手中的牌,而是盯着德拉克斯看起来。

"再加倍!在原先的基础上,每墩加到四百镑!"

这时候,德拉克斯开始有了一丝犹豫和忐忑。可是当他看到手中的牌时,又变得肯定起来。有什么了不起的,最坏他也能稳稳地赢上两墩牌。

"不叫。"梅耶更加小声地哼了一声。

"不叫。"M干脆地说。

德拉克斯烦躁地晃了晃脑袋。

巴希尔顿一脸苍白地看着邦德,冷汗不停地往外冒。他慢慢地绕着桌子看了一遍每个人的牌,最后来到邦德身后。

啊!原来是这样!巴希尔顿恍然大悟!

原来邦德手上的牌才是一个不折不扣的大满贯,并且完全无懈可击,能够轻易地制约住德拉克斯手中的牌。

这简直是一场大谋杀!

巴希尔顿又神情恍惚地站到了M和梅耶之间,想要好好看清楚邦德和德拉克斯的脸。他极力地保持镇定,可是紧紧握在裤袋里面的手此时却已经大汗淋漓。巴希尔顿惊恐不安地等待着德拉克斯即将受到的惩罚,无法想象他到时候会是怎样一副模样。

"梅耶,你倒是快出牌呀!"德拉克斯不耐烦地催促着。

你这个白痴!巴希尔顿在心里默默地想着。过不了多久,你就会恨不得他在出牌前就停止了呼吸!

梅耶看上去好像随时要脑卒中一样,汗水顺着他苍白如纸的脸一直流到了下巴,他颤抖着双手,深深埋着脑袋。他心里好像已经预料到了,自己出的第一张牌将会闯下大祸。

梅耶思索再三:既然自己手上有成套的黑桃和红桃,那么很有可能邦德会缺这两门。所以,他打了方块J。

可事实上,他不管出什么都不会给邦德造成任何威胁。当M表示,他没有方块时,德拉克斯终于忍不住向梅耶发起火来。

"你是笨蛋吗?到底是哪伙的人?出哪张牌不好,这不是给对方送上门吗?"

梅耶吓得缩成了一团:"这……这已经是我最好的牌了……"梅耶这个可怜虫颤颤巍巍地擦去了脸上的汗。

第七章 请君入瓮

这时候,德拉克斯才意识到这副牌远远没有他想象中那么好打。

当德拉克斯在邦德的逼迫下一步步被动出牌时,他才渐渐地明白了即将发生的一切。

德拉克斯惶恐不安地盯着邦德,恐惧地等待着他出的下一张牌。汗水浸湿了扑克,德拉克斯的心怦怦跳着。

当年曾经有一位名叫莫菲的下棋高手,他在下棋时有一个习惯,那就是当他稳操胜券时,会慢悠悠地抬起他的头,然后用一种戏谑的眼神紧紧盯着对手。而每当这时,他的对手就知道自己无论再做什么挣扎都没有用了。因为莫菲的眼睛已经告诉他——认输吧!

而此时,邦德也如同莫菲那样,一动不动地盯着德拉克斯,然后慢慢将手中剩余的牌摊开在桌面上。

然后,邦德慢慢地开口说道:"德拉克斯,结束了!"说完,他平静地把身体靠在了椅背上。

德拉克斯听到这话,第一反应就是一把扯过梅耶手中的牌,发疯似的一张一张反复扒拉着,希望能从中找出一张赢牌。

然后他一下子把牌摔在桌子上,握紧拳头砸在了他面前那堆没用的"好牌"上,满脸通红地瞪着邦德,双目喷火。

他抽动着嘴角缓缓地说:"你这个骗……"

"行了,德拉克斯!"站在一旁的巴希尔顿丝毫不留情面地打断了德拉克斯的话,"话不要乱说,我一直在旁边看着这副牌,没有任何问题。你如果不服气,可以向委员会上诉。"

德拉克斯慢慢地离开了座位,一只手捋了捋自己湿漉漉的红

头发，渐渐平复了下来。

他的脸上露出一丝奸诈的神情，接着又摆出一副胜利者的姿态，居高临下地看着邦德。这让邦德感到一阵烦躁。

"再见，先生们。"他轻蔑地扫过房间里的每一个人，然后用充满怪异又嘲讽的语气说道，"我输了一万五千英镑，连同梅耶输掉的那部分，都将由我一人承担。"

他弯腰拿起了自己的烟盒和打火机。

最后，他又深深地看了一眼邦德。

"趁早把钱花掉吧，邦德先生！"

说完这句话，德拉克斯转过身，头也不回地走出了俱乐部大厅。

第八章 不安

不过，在他离开之前，最后说的那句"趁早把钱花掉吧，邦德先生"又是什么意思呢？就是这句话，让邦德一直处在不安之中，总也无法释怀。

邦德回到家时已经是凌晨两点多了,可他仍然在早上十点钟到达了单位总部。

今天邦德的感觉很糟糕。昨天晚上他喝了太多的酒,早上起床时头疼得不得了。同时他还觉得精神十分萎靡,心情郁闷,这是他服用安非他命的副作用。

邦德乘坐电梯前往办公室,一路上都在不停地回想昨晚发生的一切。

在德拉克斯头也不回地走掉之后,梅耶也立刻如释重负地离开了。这时,邦德从两边的口袋中分别拿出了一副牌。其中一副是被他调了包的蓝色牌。当时邦德趁着擦汗的一瞬间,用手帕作掩护,将桌面上的牌和口袋中的牌来了个神不知鬼不觉的调包。

而另一副则是红色的牌。邦德将这副牌摊在桌面上,向M和巴希尔顿展示了它们的排列顺序,和刚刚打的那一副牌一模一样。

"这就是著名的'克伯森牌阵'。"邦德解释说,"我准备了蓝和红两种颜色的牌,以防万一。"

"哈!真是干得漂亮啊!"巴希尔顿高兴地说,"这样一来,以后德拉克斯就不会再耍什么花招了吧?这都是你的功劳

第八章
不安

啊,邦德!这些钱也都是你应得的。不过,希望这件事不会给你带来什么麻烦,你要小心些!支票会在周六的时候给你送过去。"

……

邦德一脸疲惫地走进办公室,看到秘书丽尔正在担心地望着自己。

"都是因为玩得太累了。"邦德朝丽尔笑了笑,"谢谢你及时送来的安非他命,希望没有打扰到你。"

"当然没有,"秘书接着交代了一下邦德今天的工作事宜,"今天M可能会见你,但不一定是什么时候。除了这个,就是一些日常的公文了。"

"好的,谢谢。"

邦德走进了自己的办公室,将一堆文件拉到跟前,然后在椅子上坐好。

今天是星期二,又是崭新的一天,邦德决定暂时不去想昨晚那些乱七八糟的事情,先把公务处理好。

可是还没读上两份文件,邦德就变得烦躁不已。头还在隐隐作痛,他揉了揉太阳穴,拉开桌子下的抽屉,找出两片止痛药吞了下去。

接着,他站起身朝窗外望去,思绪不知不觉又回到了昨天晚上。

邦德怎么也想不通,明明已经声名远扬、腰缠万贯、地位非凡的德拉克斯,为什么还要在牌桌上用这种卑劣的手段!他这样做又能得到什么?难道他觉得只有他自己才能够无法无

天、肆意妄为，公然地蔑视群众的言论？

啊！邦德好像突然想到了什么。对，就是那种公然的蔑视！他在俱乐部里的行为举止就是这样。浑身充满了优越感，摆着一张藐视一切的脸，好像除了他之外所有人就是一堆垃圾，根本不值得他去表现出什么教养。

对于他这种行为只有一种解释——他是个十足的偏执狂。他每日都在幻想着自己的高贵与伟大，对任何事情都摆出一副不屑一顾的态度，言谈举止中总带着几分威胁恐吓的架势。哪怕是当他被打败之后，他还是会带着胜利者的姿态藐视众人。在他的世界里，根本就没有失败，自己做的任何事情，毫无疑问都是正确的。任何与他作对的人都会得到教训，他就是无所不能的神。

没错，就是这样！邦德眯起眼睛看着远处的风景，进一步证实了自己的想法。

德拉克斯是个残暴的偏执狂，就是这种偏执让他一步一步不择手段地爬到今天这个位置，成为亿万富豪。而那枚足以摧毁一切敌人的导弹，也正是在这样的动力下为国家提供出来的。

说不定哪天，他的精神就会崩溃。谁也不知道他那颗长满红色头发的大脑袋里还在计划着些什么疯狂的事情。也没人知道他那些奇奇怪怪的举动到底是源自他卑微的出身，还是残酷的战争带来的。

是否只有邦德自己看出了这些问题呢？或许之前与德拉克斯接触过的某个生意人也观察出了他的这种性格。如果有时

第八章 不安

间,自己应该去找一找这些人,或许这样就可以更加了解德拉克斯,寻找到一些线索,在他还没有酿成大祸之前清除这些隐患。

唉!什么隐患啊?邦德摇了摇头,自己是不是想得太多了?德拉克斯目前也没有什么对他不利的举动,再说这又关他什么事呢?

不过,在他离开之前,最后说的那句"趁早把钱花掉吧,邦德先生"又是什么意思呢?就是这句话,让邦德一直处在不安之中,总也无法释怀。

见鬼去吧!邦德转身从窗边离开,他不愿意再去多想。不过是一笔飞来的横财,自己还是快些把它花掉吧!

想到这儿,邦德又回到桌前坐下,拿出一支铅笔,慢慢思考了一会儿。然后在标有"最高机密"的笔记本上写下了自己的购物计划:

1. 宾利可折叠式敞篷车,约五千英镑。
2. 三枚钻石领带夹,每枚二百五十英镑,共七百五十英镑。

他停下笔。还剩下差不多一万英镑。可以再购置一些服装,重新粉刷一次房屋,换上新地板。不过这些先不用着急,今天下午他先把钻石领带夹买回来,然后再去和汽车商家谈一谈。剩余的钱可以存进银行,当作自己的养老金。

邦德正这样想着,桌上的红色电话突然急促地响了起来。

"M想要见你,现在能过来一趟吗?"办公室主任熟悉的声音传来,听上去很着急。

"好的,我马上就来!"邦德回答,"出了什么事吗?"

"这我还不太清楚。"说完主任就挂掉了电话。

第九章 接受任务

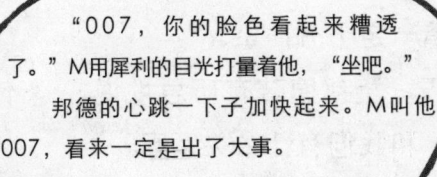

"007,你的脸色看起来糟透了。"M用犀利的目光打量着他,"坐吧。"

邦德的心跳一下子加快起来。M叫他007,看来一定是出了大事。

几分钟后，邦德走进了那个熟悉的房间。

"007，你的脸色看起来糟透了。"M用犀利的目光打量着他，"坐吧。"

邦德的心跳一下子加快起来。M叫他007，看来一定是出了大事。

邦德坐了下来。M低下头又看了看自己手中的笔记本，然后淡漠地抬起头。

"昨晚在德拉克斯发射基地旁的一家小酒馆里发生了两桩命案，'探月号'项目中的两个工作人员被枪击身亡。警方对德拉克斯表示怀疑，在德拉克斯刚刚回到自己的住所时就将他扣押了起来。而德拉克斯对此事却表示毫不知情，其余的就什么都不说了。可是，德拉克斯直到刚刚才被释放。我想，这件事情一定十分严重。"

"还真是巧，"邦德若有所思地说，"不过，这应该是警察的事情吧？和我们有什么关系呢？"

"一部分确实是警方的工作，"M回答，"但是基地里面涉及的很多人员却在我们的职责范围内，比如那些德国人。"

"也许你还是不太明白，"M看着邦德有些迷茫的脸，继

第九章 接受任务

续说，"那个地方属于皇家空军的管辖范围，并负责那一片区域的安全。整个基地大约占地一千英亩，但实际的工作区域只有两百英亩。现在，所有的建筑队都已经离开，整个工厂里只剩下了德拉克斯和另外五十二名工作人员。"

刚好是整整一副牌的数目再加上一个大王！邦德在心里暗暗想着。

"其中五十个都是德国人，"M接着说，"他们全都是导弹专家，是德拉克斯花钱弄来制造'探月号'的。虽然领导对这种安排不怎么满意，但是英国军部的导弹专家都有要紧的事要忙，实在抽不出人手，所以只能放任德拉克斯自己去请导弹专家了。为了加强皇家空军的安保力量，军部特意派了一个名叫泰伦的军官驻守在基地。"

M顿了顿，抬头望向天花板。

"他就是昨天的死者之一。他是被一个德国人用枪打死的，可是那人在打死泰伦后，却自杀了。"

"事情发生在基地旁的一家小酒馆里，当时有很多人都在现场。你刚刚问我这件事和我们有什么关系，要知道，基地里的每一个德国人，包括昨晚死掉的那个，在来之前都要在我们这儿经过身份审查，我们有义务弄清楚这件事，"M十分平静地说，"而昨天晚上，我们恰巧和德拉克斯在一起，那段时间又刚好出了事。就如你所说的，这事有点儿蹊跷。"

"确实相当蹊跷！"邦德等着M继续说下去。

"除了这个，"M又说道，"我之所以要插手这件事情，

还有一个很重要的原因。'探月号'在这周五就要试射了，只剩下不到四天的时间。"

局长不再说话，默默地点起了烟斗。

邦德还是没有弄明白，这一切到底和情报局有什么关系。他们的职权范围一直都在境外，这件事情明明可以交给警察厅解决。邦德看了看表，已经到中午了。

M抽了两口烟，又继续开口了。

"其实，我对这件事情感兴趣的最大原因，还是对德拉克斯这个人感兴趣。"

"我对他也很感兴趣。"邦德说。

"正是因为这样，"M接着说，"我在得知这件事情之后，就立即向伦敦警察厅打电话了解案件的详细情况。他们也十分担心，觉得这个案子多少和我们有些关系。毕竟那个杀人的德国人是在我们的允许下才入境的。于是，我便去了一趟警察厅。

"案件的经过是这样的：那家酒馆名叫'极乐屋'，开在沿海公路上。基地的那些德国人几乎每晚都会去那里寻欢作乐。事发当晚，泰伦先生在七点半的时候正好从那里路过，于是便走进去要了一杯威士忌。

"就在这时，那个'凶手'走进了酒馆，径直走到泰伦面前，从衣服里掏出了一把鲁格尔手枪，大喊一声：'我爱加娜·布兰德，我不会让你得逞的！'然后就朝泰伦的心脏开了一枪，之后又立即把冒着烟的枪头伸进自己的嘴里，扣动了扳机。值得一提的是，那把手枪上面并没有生产编

第九章 接受任务

号。"

"真是太不幸了!"邦德感叹了一下,"那个姑娘是什么来头?"

"这又是另外一件闹心事。"M扶了扶额头,"她在特工处工作,是瓦兰斯手底下最好的女特工,精通德语。她和泰伦是德拉克斯身边仅有的两个英国人。瓦兰斯一直对'探月号'不放心,所以他私自把她安插在基地中,并且想尽办法让她当上了德拉克斯的秘书。

"不过布兰德一直也没发现有什么不对的地方。仅仅表明了德拉克斯是一个好领导,虽然有时候他对员工非常粗鲁。她还说后来她和德拉克斯成为了好朋友。她认识泰伦,可是泰伦的年纪都可以做她的父亲了。何况泰伦的家庭非常美满,还有四个可爱的孩子。泰伦对她就像是对待女儿一样。至于凶手,他的名字叫巴尔奇,是一个电子专家。布兰德根本就不认识他。"

"凶手的朋友们怎么说?"邦德问道。

"他的室友证实了巴尔奇的话。说巴尔奇十分疯狂地爱着布兰德,并且一直认为泰伦是他的情敌。最近一段时间里,他的情绪一直很不稳定,所以他们对于巴尔奇做出这样的举动并不意外。"

"听上去好像并没有什么不对,"邦德说,"瓦兰斯是如何看的?"

"他也不太清楚,"M回答,"他现在最忧心的事情就是如何才能不暴露布兰德的真实身份。这可是个大新闻,媒体

一直嚷嚷着想要那个姑娘的照片。瓦兰斯准备了一张照片,上面的女孩和布兰德十分相似,很容易被弄混。幸好记者不能进到基地内,布兰德也拒绝了采访。现在瓦兰斯只希望布兰德的亲戚朋友不要认出她来才好。"

"这件事会给导弹试射带来影响吗?"邦德问道。

"依然会按照原计划进行。"M说,"导弹将在星期五中午于北纬52度以北垂直发射,弹头是假的。"

M说完,便转身看向了窗外。远处,一点的钟声在邦德耳边传来,看来今天又吃不成午饭了。要不是M非得管这些闲事,他现在说不定已经吃完午饭坐在宾利汽车商们的面前了。想到这里,邦德在椅子上挪了挪身子。

M又转回身来,看向邦德。

"最关心这件事情的就是军部了。泰伦是他们部里最有能力的军官,他一直以来都在报告中反对导弹的试射。昨天下午,泰伦突然给副部长打来电话,说是基地里正在进行着一些见不得光的事情,他不愿意在电话里多说,而是想要在今天早上十点和部长亲自面谈。可是就在挂断电话几个小时之后,泰伦就被人杀了。这也太巧合了吧?"

"哦?确实太巧了!"邦德挑了挑眉,"可这么大的事情,为什么不先把基地关闭,好好调查一番呢?"

M说:"现在的问题是:我们没有任何证据能够证明'探月号'存在着什么阴谋。目前只有酒馆里的两条人命和泰伦不清不楚的两句话,这根本说明不了什么。

"最后大家还是认为,导弹应该在预定的时间内按时发

第九章 接受任务

射。从国际形势来看,越早进行试射,对英国就越有利。既然大多数人都同意这一观点。军部部长就算是再不同意也没有办法。"

"确实如此!"

"不过他和你我一样清楚,不管事情的真相到底如何。一直和我们作对的苏联人一定会在试射的当天搞破坏。一旦被他们得逞,我们整个项目就有可能泡汤。毕竟我们这里有五十名德国专家,如果苏联人拿他们其中任何一人的亲属做要挟,这个人就有可能被利用,那到时候后果将不堪设想。"

M说完,若有所思地看着邦德。

"在会议结束后,部长找到了我。他认为现在只有一个办法,就是立刻找到一个人去代替泰伦的职位。这个人必须精通德语,懂得如何搞破坏活动,并且还要有丰富的与苏联人打交道的经验。军事情报处那里提供了三个人,可他们现在都有任务在身。当然了,如果特别需要,他们也可以随时撤出来。"

"不过,"M顿了顿,"部长又问了我的意见,而我向他推荐了另一个人。"

听到这里,邦德完全明白M的意思了。他一脸愤懑地看着那双毫不通融的灰色眼睛。

"现在,"M好像什么也没看见一般,"我们已经把你被任命的这件事告知德拉克斯了。今天晚上他将在导弹基地里等着与你共进晚餐。"

当天下午六点,邦德的宾利轿车急速地飞驰在笔直的大路上。

邦德把车开得非常快,脑海中不断回顾着刚刚从M办公室出来之后的行程。

在这四个半小时中,他先和秘书交代了一下这项任务的情况,然后随便吃了些快餐,之后取了车,并将车加满油,就急忙去见瓦兰斯了。他们约好两点四十五分在伦敦警察厅见面。

第十章 明察暗访

飞驰的宾利轿车向右一拐,驶进了一座小镇。这时,天已经快黑了,路灯纷纷亮起,一个小店的玻璃窗在灯光的照射下正闪闪发光。

邦德来到警察厅所在的庭院，肃静冰冷的走廊里只有一名警卫员站在那里。在苍白的灯光照射下，那张脸毫无生气。这让邦德觉得这里简直就是一座没有屋顶的监狱。

警卫员面无表情地带着邦德穿过长长的走廊，来到了会客厅。一位中年妇女接待了他。她不怎么说话，却眼尖心细。她告诉他瓦兰斯会在五分钟之后见他。

邦德站在窗边，望着外面灰蒙蒙的天空。一名警官叼着烟从大楼里走出来，慢慢穿过庭院，远处汽车的鸣笛声低不可闻，一切都是那么安静。邦德突然感到一阵失落。自己即将离开熟悉的工作岗位，来到这个全新的部门，和不认识的人重新打交道。他一个人站在这冷冰冰的接待室里，心情格外压抑。

终于，那个妇女再次出现了。邦德掐灭手上的烟，跟着女人穿过清冷的会客厅，进了一间宽敞明亮的屋子。

邦德用了好一会儿才把自己从这种抑郁的情绪中解脱出来，同时瓦兰斯也给了他很大安慰。瓦兰斯这个人很会与人打交道，在和邦德最初的交谈中，他只和邦德聊M的情况，并且还将一些内幕资料爆料给他。瓦兰斯表示，他只需要邦

第十章 明察暗访

德能够让"探月号"工程顺利实施,并且将他最优秀的女特工布兰德从眼前的困境中解救出来就可以了。他的态度和语气都非常诚恳,这让邦德在还没有和瓦兰斯具体探讨这件案子之前,就已经对他产生了好感。

邦德与瓦兰斯大约谈了十五分钟。在谈话结束时两个人都明白,自己又多了一位盟友。瓦兰斯对邦德已经有了一个大致的判断,他十分赏识邦德,并且相信他一定会尽力去帮助和保护布兰德。邦德出于工作的角度接受了任务,瓦兰斯还和他讲了一些有关间谍的情况,邦德终于感觉到自己不再孤立无援了,起码他的身后还有一个强大的部门为他做后盾。

邦德在瓦兰斯那儿并没有得到什么对案子有用的信息。只有泰伦简单的生平履历和一些有关"探月号"的报道。于是他又到军部作战室去见了雷恩教授。

雷恩教授体形肥胖,相貌平平。不过他却是去年诺贝尔物理学奖的一个有力竞争者,他也是全世界最好的导弹专家之一。

雷恩教授走到一张巨大的挂图前,将它的绳扣解开。一幅长达十英尺的"探月号"导弹图纸就呈现在了邦德的眼前。

"我知道你不太了解导弹,所以我会用最简单的语言给你讲解一下。"教授说,"'探月号'是德拉克斯命名的,它是一种单级导弹。所谓单级,就是一次性把燃料燃尽,升入空中,然后再根据导航击中目标。一般的导弹燃料是一种

由酒精和液态氧混合而成的高度易燃物。在此之前,我们使用这种燃料时都要用水把它们稀释开,那是因为燃料产生的热量过高,会将引擎烧坏。"

说到这里时,教授用手指了指邦德的胸膛:"关于这枚导弹,你一定要记住,多亏了德拉克斯的铌,我们才能使用超强燃料。因为铌的熔点高达3500摄氏度,所以我们可以用它来制造引擎而不被烧坏。"

"事实上,这枚导弹用的燃料也不是一般的酒精液态氧混合物,"教授抬起头盯着邦德,好像接下来他说的话会让邦德惊讶不已一样,"它用的是氟和氧。"

"哦,是吗?"然而邦德只是平静又尊敬地回应道。

教授目光犀利地上下打量了邦德一眼,继续说道:"之前的导弹受到燃料等因素的影响,每小时只能飞行两百英里左右,最高点可达七十英里。而这一次我们想要实现每小时一千五百英里的时速和一千英里的飞行高度。这样一来,这枚导弹的有效射程将会达到四千英里。也就是说,欧洲版图上的任何一个国家都在我们的射程范围内。这在某些特殊情况下对我们是相当有利的。"

"现在你还有什么其他问题吗?"教授问道。

"能和我讲一下它的工作原理吗?"邦德问。

"在导弹的尾部有两个小燃料箱。里面的四百磅过氧化氢和四十磅的高锰酸钾混合产生蒸气,然后推动下面的涡轮机。接着,涡轮机又带动离心泵运转,产生极大的压力,最后将燃料推送到引擎里。"教授怀疑地看了看邦德,"你听

明白了吗？"

"听上去和喷气式飞机的工作原理差不多。"邦德说。

教授听到邦德的话显得很高兴："是有一些相似。只不过，导弹的燃料是在内部燃烧的，而不需要向外部吸收氧气，"他继续说，"最后，燃料在引擎里被点燃，导弹尾部不断喷出炙热的气体，就像是大炮的后坐力一样，将导弹发射出去。铌这种材料当然会被我们利用到制作弹尾的材料上，这样弹尾就不会被高温的热气所融化。"

教授又指着图纸："这些尾翼的作用是为了让导弹在飞行的过程中保持平衡。当然，它也是铌做的。"

"那么，你们要如何保证导弹向正确的目标飞去呢？"邦德又问。

"这里会用到陀螺仪。在试射当天，我们会在海面的船只上放置一个雷达导航装置。在导弹的头部装有雷达接收器，这样就可以保证导弹进行自动导航，不会飞错方向。"

"好的。最后一个问题，如果有人想要破坏导弹，最简单的方法是什么呢？"邦德笑了笑。

"有很多办法，"教授回答，"比如在燃料中掺上一些沙子，在气泵里放点儿石头，或者在导弹的外壳或尾翼的任何一个地方开上一个小口。在这么大的动力和压力下，任何一个小小的错误都足以让它完蛋。"

"非常感谢您，教授，"邦德说，"看来您一点儿也不担心'探月号'。"

"这颗导弹非常棒，"教授笑着说道，"只要没人故意

搞破坏，它一定会飞得很好。说真的，德拉克斯做得很不错，他是一位优秀的领导者，手下的人都甘心为他卖命，可以说，没有德拉克斯就没有'探月号'。"

回忆到这里，邦德开着车来到了一个岔路口，他转动方向盘，拐进了右边的那条小路。这条路上车辆比较少，邦德把速度提到了最高，向前疾驰着。邦德喜欢这种感觉。

看着前面的风景，邦德不禁又想到：今晚德拉克斯会如何接待他呢？

听M说，当他把自己的名字告诉德拉克斯时，电话那头稍稍停顿了一下，然后说："哦，我认识这个人，只是没想到他也和这件事情有关系。让他来吧，我想再见见他，晚上等他吃饭。"接着德拉克斯便挂了电话。

其实，军需部的人对德拉克斯的印象一直不差。和他接触的过程中，大家发现他是一个对工作特别投入的人。他把全部热情都放在了"探月号"这项工作上，拼命督促手下的员工做事，和其他部门争夺资源的优先使用权，催促内阁同意他的要求。虽然有时候他咄咄逼人的架势让人受不了，但是他对工作的热情，对专业知识的精通和那浑然忘我的态度还是十分让人尊重的。德拉克斯依然是他们心目中的英雄。

邦德心里十分理解大家。如果自己要和德拉克斯一起工作，势必也要在心态上做一些调整。希望他们两个人之间能够不计前嫌，一起把"探月号"这项伟大的工程完成，防止遭到敌人的破坏。

只剩下三天时间了，安保方面一定还要加强。可德拉克

第十章 明察暗访

斯却总是说安全防护措施已经做得足够多了,不愿意再提起这件事。看来邦德还要再想想办法,虽然他并不是善于使用策略的人。

这时候,邦德已经把车开上了大道。他低头看了看表,现在是下午六点半,还有半个小时他就能到达基地了。邦德的思绪又飘到了昨晚的案子上。

法医经过检查得出结论:凶手是在精神不正常的情况下开枪杀人,然后又自杀的。看来这两起命案不用他再操心了。不过,一会儿应该在路过"极乐屋"的时候进去打探一下消息。还要在明天好好阅读一下泰伦的报告,看看能不能从中找到一些蛛丝马迹。泰伦到底想要告诉部长什么呢?

至于那个姑娘布兰德,邦德刚刚在伦敦警察厅看到了她的资料——棕红色的头发,蓝眼睛,长相漂亮,身材迷人。布兰德已经在基地待了一年,还是德拉克斯的私人秘书,她一定对德拉克斯这个人有充分的了解,同时她也会知道有关'探月号'的许多机密,邦德如果能够和她合作,一定会事半功倍的。

飞驰的宾利轿车向右一拐,驶进了一座小镇。这时,天已经快黑了,路灯纷纷亮起,一个小店的玻璃窗在灯光的照射下正闪闪发光。

邦德停车熄火,走出车门。头上那块"极乐屋"的招牌在海风的吹拂下吱呀作响。邦德伸了伸懒腰,准备从正门进去,可是他发现门是锁着的。难道在打扫卫生?邦德又转了一圈,看到酒吧的侧面开着一扇小门。他走进去,在柜台后

面有一个身穿衬衫的男人正坐在椅子上看报纸。

一看到邦德走进来,那人立刻放下了手里的报纸,有客人来光顾让他松了一口气。

"晚上好,先生!"老板热情地向邦德打着招呼。

"晚上好!"邦德说,"请给我来一大杯威士忌和一些苏打。"

邦德坐在柜台前等着,老板从黑色和白色的瓶子里分别倒出了一些威士忌,又拿出了苏打瓶,一起摆在邦德面前。

邦德往酒里放上一些苏打,搅拌过后喝了起来。

"今晚的生意可不太好啊!"邦德放下酒杯随口说道。

"是啊,先生,"老板愁眉苦脸地说,"昨天发生的那件倒霉事太影响生意了!您是记者吗?今天除了警察和媒体的那些人,就没人来过!"

"不是,"邦德回答,"我是来工作的,接替那可怜的泰伦。他经常来这儿喝酒吗?"

"不,他以前从没来过。昨天是第一次来,没想到却变成了最后一次,真是太可怕了!现在我必须把店里重新修整一下,需要关门一个星期。"老板停顿了一会儿,又接着说,"你可不知道,德拉克斯先生特别大方,今天下午给我送来了五十英镑作为补偿。这相当于我两个星期的营业额呢!他真是个慷慨的人!"

"哦,那他可真是一个好人。"邦德附和着他的话,"昨天你看到事情的经过了吗?"

"第一次开枪的时候我并没有看见,当时我正在调酒。

第十章
明察暗访

听到枪声后,我连忙抬起头,这时候泰伦先生就已经倒在血泊中了。吓得我把酒洒了一地!"

"然后呢?"

"后来,许多人都被吓跑了,只剩下了十来个德国人。那个开枪的疯子愣在那儿,看了倒在地上的泰伦先生好一会儿。然后突然摆出了一个立正的姿势,高高地举起左手,大吼了一声口号,就像战场上的那些浑蛋们一样,接着他就把枪伸进了自己的嘴里,开枪自杀了。"

"他在死之前就只喊了一句口号吗?"邦德问道。

"没错,先生,他就喊了一句口号。看来这些德国人永远都不会忘记这句话啊。"

"是啊,"邦德若有所思地说,"他们确实不会忘记。"

五分钟后,邦德站在了被铁丝网高高环绕着的基地大门口,他向警卫员出示了部里发给他的通行证。

警卫员看过之后就把证件还给了邦德,并向他敬了一个军礼,恭敬地说:"德拉克斯先生正在前面树林中那栋最大的房子里等你。"说完他用手指着不远处悬崖边的那几束灯光向邦德示意。

紧接着,警卫员又给下一个哨点打了电话。邦德开着车行驶在崭新的柏油马路上,路旁是金黄的田野。越临近树林,某些机器运作的轰鸣声就越清晰,其中还夹杂着远处海浪撞击悬崖的激荡声。

很快,邦德来到了第二道铁丝网前面,被另一个穿着便衣的

保安拦了下来。铁门后面便是整片树林的中心地带，阵阵警犬的吠叫声传来，应该是有人在夜间巡逻。看来基地的外部安全措施非常严密，应该用不着邦德担心。

第十一章 进入基地

当邦德逐渐适应了眼前的强光后,呈现在他眼前的是一幅极其壮阔的画面。邦德惊呆了,有好几分钟都说不出话来。"探月号",这件目前为止世界上最伟大的武器美得令人移不开眼睛。

汽车穿过树林,来到了一片广阔的水泥平地上。树林的边缘矗立着一幢大房子,从里面透出的灯光忽明忽暗。这座房子看起来非常结实,围墙足足有六英尺厚,几乎和房子一样高。

邦德将车速降到最低,掉转车头,缓缓地开到了房子中间,把车停在门口。

车子刚刚停稳,一名身穿白色上衣的管家就从门内走了出来,礼貌地替邦德打开车门。

"先生,晚上好,请您跟我来。"管家的声音很平淡,英文说得并不是很地道。

邦德跟着他走进房子,穿过一个宽敞明亮的大厅,又走过一条长长的走廊,最后来到了一扇门前。管家轻轻地敲了一下门。

"进来。"

依然是那粗犷的声音和强烈命令的语气,邦德不禁暗自发笑。

此时,德拉克斯正站在起居室的另一端,背对着空荡荡的壁炉。强壮的身体上披着一件轻柔的天鹅绒家居服,看上去与他满脸浓密的红色胡须非常不协调。他的身旁还站着两

第十一章 进入基地

男一女三个人。

"啊！我亲爱的朋友！"德拉克斯兴奋地嚷嚷着，大步朝邦德走来，一把握住了他的手，"我们这么快就又见面了，真没想到你居然是为我们工作的间谍呢！早知道这样，当初打牌的时候我应该小心一些才是。怎么样？那笔钱花光了吗？"德拉克斯一边问着，一边将他带到了壁炉旁边。

"我现在连那笔钱的影子还都没见到呢。"邦德笑着回答。

"是啊，要等到星期六才能结账呢。你拿到钱的时候说不定正赶上我们发射成功的庆功会呢！哈哈！来，我为你介绍一下，"德拉克斯把邦德带到那个女人面前，"这是布兰德，我的秘书。"

邦德抬起头，就看到一双毫无波澜的蓝色眼睛。

"晚上好！"邦德十分友好地向她露出微笑。

然而，她只是平静地看了一眼邦德，脸上没有半分笑容，就算是握手时也只是轻轻一碰，毫无热情。

"你好。"她的语气十分冷淡，甚至带着几分敌意。

真是极好的人选！邦德默默想着。布兰德就像他的秘书丽尔一样，冷酷，忠诚，能干，这一定是个老手！

"这是我的得力助手，弗尔特博士。"那位被称作弗尔特博士的人年纪较大，面容消瘦，脸上带着一丝怒意。他对邦德伸过来的手熟视无睹，只是在听到自己名字的时候微微点了点头，然后开口说道："是沃尔特。"他认真地纠正了德拉克斯的发音。

"这位是我的……嗯，就算是护卫吧，威力·克雷布斯。"邦德与那只汗津津的手轻轻地握了一下。

"很高兴见到你！"那人谄媚地向邦德打着招呼，那张苍白的脸上，虚假的笑容一闪而逝，邦德望向他的双眼，他那两只滴溜溜的圆眼睛不停乱转，躲闪着邦德的目光。

这两个男人都穿着一套洁白的紧身衣，在后背、袖口和脚腕的部位装着拉链。两个人的头发全都剃得非常短，发白的头皮清晰可见，配上沃尔特博士黑色的山羊胡子和克雷布斯那几绺白色的小胡子，看上去就像是两个外星人。

德拉克斯站在这样一群不苟言笑的人中间，他那五颜六色的身躯和怪声怪气的语调与之形成了鲜明的反差。在今天，邦德并不反感德拉克斯这种粗鲁的欢迎方式，起码能够让他在这样一群冷冰冰的人中间不感到尴尬。同时，他那对往事既往不咎的态度，也让邦德十分欣慰。

德拉克斯还算是个不错的主人。他搓了搓双手："嘿，威力，去给我们调一份你最拿手的马提尼怎么样？至于博士的那份就算了，反正他滴酒不沾。"说着，德拉克斯又走到邦德面前，"他就和没有生命的人一样，脑子里除了导弹，什么都没有。"他难听地大笑了一声，"对吧，我亲爱的博士？"

博士面无表情地说："你就是喜欢开玩笑。"

"哈哈，好啦好啦！"德拉克斯像哄小孩子似的对博士说道，"我们等会儿再来讨论导弹的事情吧，先让我们喝一杯。"

这时候，克雷布斯已经端着酒走了过来。银色的托盘上

第十一章
进入基地

放着满满四杯马提尼,还有一只冰镇过的调酒器。

"味道确实非常棒!"邦德喝过之后大声称赞着。

"您真是过奖了!"克雷布斯的脸上堆满了笑容。

"再给他倒上一杯,"德拉克斯说,"我们在八点吃晚餐,然后再让我们的朋友洗上一个热水澡。"

就在这时,屋外响起了一阵尖锐的警笛声,还有整齐划一的跑步声。

"现在是晚上的第一次换岗,"德拉克斯解释道,"营房就在我们这座房子后面,看来现在已经到八点钟了,我们每过两个小时就会换一次岗。"德拉克斯的眼里充满自豪,"虽然我们这里都是科学家,不过我们仍然用军事化的方式来进行管理。好了,咱们该吃饭了。威力,你来招呼邦德中校,我们就先过去了。"

邦德跟在克雷布斯的后面慢慢走着,他看到布兰德和沃尔特博士跟着德拉克斯走进了另一扇房门,那位身穿白色上衣的管家正恭敬地在那里等候着。

这时候,邦德的脑子里突然闪过一个疑问:像德拉克斯这种咄咄逼人的性格,在对待下属时竟然能够像对待小孩子一样,真是太有领导人的天赋了。可是他这种领导的才能是从哪里学来的呢?是之前在军队的经历?还是由于金钱的堆砌自然而然形成的呢?邦德在心里打着问号。

晚餐相当丰富,德拉克斯很大方,言谈举止也非常得体。餐桌上的大部分话题都是围绕导弹展开的,一旦涉及某些专业的技术领域,德拉克斯总是会耐心地为邦德做出解释，来帮助他理解。不得不说，德拉克斯对这些细节的了解程度和他身上所流露出来的自信给邦德留下了非常深刻的印象。面对着这个和之前毫不相同的工作领袖，邦德心里对他的厌恶之情也减少了许多。

邦德一直坐在布兰德旁边，晚餐时他几次想要和她交谈，可是回应他的却只有那简短的几个单词。邦德对于她这种过分的冷漠颇为气恼。布兰德身上充满了自信和威严，看起来不像是秘书，而更像是德拉克斯工作团队中的一员。并且，邦德还发现，在布兰德说话时，德拉克斯和其他人都会仔细认真地听。

差不多九点时，晚餐结束了。

"来吧，我现在带你去参观一下'探月号'。"德拉克斯从桌旁起身对邦德说道，"沃尔特会跟着咱们一块儿去。"

德拉克斯直接走出了餐厅，没有与克雷布斯和布兰德说话。邦德和沃尔特则跟着德拉克斯一起走了出去。

他们走出房子，穿过那一大片水泥空地，向悬崖边上走去。月亮早早地升了起来，将悬崖旁边那个圆圆的屋顶照得通亮。

德拉克斯在距离建筑物不到五十米的地方站住，然后对沃尔特博士说："你先进去忙吧，我来为邦德中校讲解一下这里的地形。"

然后，他指着那个乳白色的圆屋顶对邦德说："那里面就是'探月号'。你现在看到的那个圆顶，就是发射时的顶盖，高度在四十英尺。那边那个正方形的物体，就是发射时

第十一章 进入基地

点火的地方,里面有许多雷达追踪装置,我们可以通过这些装置对导弹进行遥控。在发射站里还有两个液晶显示器,一个时刻监视导弹舱内机器的运作情况;另一个监控导弹从发射到升空的整个过程。

"在发射时,要求方圆一英里内是不能有人的。不过还是会有一些专家和电视台的报道人员留在附近。虽然营房和刚刚我们走出的房子外面都有一层厚厚的防爆墙防护着,但是沃尔特说发射地点和这里的大部分空地都会在高温的作用下熔化。希望防爆墙能够经受住这样的冲击吧!

"好了,你只需要了解这么多就可以了。现在让我们进去看看吧!"

又是这样充满了命令的语气。邦德默默地跟在他的身后,来到了圆顶建筑物的门前。这扇门的旁边有只灯泡,门上光秃秃的,只有一块钢制的警示牌,分别用英语和德语写着:危险,禁止在红灯亮时入内,请按铃等候。

德拉克斯按下了警示牌下的按钮,门后立刻响起了一阵急促的警报声。

"他们一定是在做着什么十分精细的活儿,如果有人贸然进入,突然打断了他们的工作,就有可能造成极大的失误。所以他们一听见警报声,就会立刻停下手中的工作。直到弄清楚是怎么回事,再继续进行。"

说完德拉克斯又后退了几步,指向上方的一排隔栏。"那是通风口,"德拉克斯解释道,"里面一直在用空调调节温度,但是仍然有50摄氏度的高温。"

这时候，门被一个手拿警棍，腰别手枪的人打开了。邦德跟着德拉克斯走到一个小小的门厅里，里面除了一条长凳和几双拖鞋之外就没有别的东西了。

"进去必须要穿拖鞋，"德拉克斯说着坐下来将脚上的鞋踢掉，"不然很可能会滑倒，撞到其他人。你可以把外套也脱下来，里面可是非常热的。"

"谢谢，"邦德想到了自己腋下的那把手枪，"我还没觉得热。"

他们继续向前走，邦德感觉自己就像是一位观光的游客。在穿过一个狭小的通道之后，邦德突然被眼前强烈的聚光灯刺得睁不开眼，本能地用一只手挡住了自己的眼睛，而另一手则紧紧地抓住了身前的护栏。

当邦德逐渐适应了眼前的强光后，呈现在他眼前的是一幅极其壮阔的画面。邦德惊呆了，有好几分钟都说不出话来。"探月号"——这件目前为止世界上最伟大的武器美得令人移不开眼睛。

第十二章　探月号

他十分钦佩而又羡慕德拉克斯所取得的成就。邦德无论如何也无法将眼前这个伟大的人物和牌桌上的那个德拉克斯对上号。

这颗闪闪发光的导弹足足有五十英尺高，看上去就像是一颗巨型子弹，导弹的尾部有三片三角形的尾翼，如同手术刀一样锋利，延伸到顶部一点点变细，最后汇聚到一点。在顶端延伸出去一条细细的天线，似乎可以触到圆圆的舱顶。这枚导弹外部镀着一层厚厚的铬钢，通体光滑细腻，就像是一匹银白色的绸缎。两架起重机在导弹的两侧用细长的支架将其固定在两块厚厚的泡沫橡胶上。

"你觉得怎么样？"看着邦德目不转睛的样子，德拉克斯得意扬扬地问道。

"这是我见过的最美丽的东西之一。"邦德发自内心地称赞道。

德拉克斯又指着导弹上方："那就是弹头。现在我们用的是实验弹头，里面装满了各种各样的仪器，像是遥测仪之类的。燃料箱会接到底部的助推器上，导弹以炙热的蒸气作为推力进行发射。氟和氢是燃料，它们一旦进入发动机就会开始燃烧。导弹被发射升空之后，下面的钢板就会自动打开，里面是巨大的排气道。导弹产生的废气通过排气道排出，一直通到悬崖脚下。"

"想要去看看大家的工作情况吗？"德拉克斯问道。

第十二章
探月号

邦德轻轻点了点头，默默地跟着德拉克斯沿着钢壁边上的楼梯走下去。

他十分钦佩而又羡慕德拉克斯所取得的成就。邦德无论如何也无法将眼前这个伟大的人物和牌桌上的那个德拉克斯对上号。再伟大的人也不可能做到十全十美吧！也许德拉克斯只是想用在牌桌上的那种方式来释放一下自己长期以来高度紧张的神经。虽然打牌只是一件小事，但是他或许需要依靠这点来保持自信心。邦德在心里思考着，是不是自己对他的偏见太深了呢？

他们来到了导弹底部的钢板上。这时候，德拉克斯停下来，抬头向上看去。邦德顺着他的目光看过去，一条五颜六色的光波出现在他的眼前。原来，红色是由巨大的泡沫灭火器反射出的颜色，一名身穿石棉防火服的工作人员正在把喷嘴对准导弹底部；紫色是墙上一些表盘中发亮的紫色灯泡；而绿色，则是一张松木桌上摆放的罩着绿色灯罩的台灯带来的。桌边还坐着一个人，不停地记录着工作人员报给他的各项数据。

看着精致纤巧的导弹和这五光十色的舱体，邦德真的难以想象，这样一个工艺品一般的物件竟然能够承受每小时一千五百英里的巨大压力，和从一千英里高空坠落下来的强烈震动。

德拉克斯仿佛看穿了邦德的心思一般，转身看着他说："这就如同一场大谋杀一样。"

说完，德拉克斯突然放肆地大笑起来，还向旁边高声呼

喊着:"沃尔特,你过来!"

"我刚刚和他说,发射'探月号',就如同一场谋杀一样。"

博士的脸上露出一种疑惑不解的表情。德拉克斯看到后似乎变得没有耐心起来。

"我是说导弹就像是我们的孩子一样,发射导弹就等于谋杀了咱们的孩子。"德拉克斯对着导弹比比画画地向沃尔特说道,"你这个呆子,能不能醒醒啊!"

沃尔特这才恍然大悟,冷冰冰的脸上总算露出了点儿笑容:"是啊,确实是一场谋杀。这比喻不错!"

一听到德拉克斯的声音,这里的一大群人就齐刷刷地回过头看向他们。

"这位是我们新来的安全防务员,邦德中校。"德拉克斯向众人简单介绍了一下。

一群人默默地注视着邦德,既没有说话,也没有表示欢迎。对于这个新来的中校,他们好像一点儿也不好奇。

"石墨条的事情到底应该怎么解决呢?"短暂的注视后,大家将德拉克斯和沃尔特围在了中间,继续讨论起有关导弹的事宜。邦德就被冷落到了一旁。

其实邦德并不意外。如果是一个外人来插手情报局的事务,自己也同样会冷漠对待的。不过,这些人心中一定明白,邦德有他需要履行的责任,在这当中也扮演着十分重要的角色。如果这些人之间有一个隐藏的敌人,看似无害的大脑里面正酝酿着什么阴谋的话,邦德一定会毫不犹豫地开枪

第十二章
探月号

打爆他的头。

邦德一边在三角尾翼旁边来回观察着舱内的细枝末节,一边时不时地回头打量着这群导弹专家。

他发现除了德拉克斯以外,其余的人全都穿着一套白色的紧身尼龙衣,衣服上的塑料拉链都被拉得紧紧的,全身上下没有任何金属物品,也没有人戴眼镜。他们的头发都和沃尔特一样,剪得特别短。也许是防止头发掉进机器内发生事故。

但是,邦德却发现了他们所有人身上的一个显著特征,那就是他们每个人都留着胡须。可以看出来这些胡须都是经过精心打理的。每个人的胡须颜色和形状都各不相同:有灰色的,黄色的,棕色的,黑色的;有八字胡,山羊胡,还有像皇帝的,像海象的。虽然每个人的特征都不相同,但是在其中,只有德拉克斯那熠熠生辉的红色胡须显示出了至高无上的权威。

这是为什么呢?邦德感到非常奇怪。他又观察了很长时间,发现这些人的身高全都差不多,体形也全都是精瘦而又结实。也许是出于工作的需要才加以甄选出来的。他们的双手十分干净,脚上穿着拖鞋,站着的时候规规矩矩,忙起来又全神贯注。邦德观察了他们这么长时间,也没有人朝他看上一眼。

看来想在短短三天的时间内了解这五十个冷漠的机器人是不太可能了。哦不,现在就剩下四十九个了。那个疯狂的巴尔奇脑子里面到底有什么秘密呢?到底是对布兰德的狂

热还是对希特勒的崇拜呢？邦德不由得想，难道剩下的这四十九人的脑子里也藏着相同的秘密吗？

"沃尔特博士，这是命令！"德拉克斯强压怒火的语气把邦德从思绪中拉了回来。此时，他正轻轻抚摸着其中一片锋利的尾翼。

"赶快回去工作吧，别再浪费时间了！"德拉克斯说完就向邦德走过去，留下心神不安的沃尔特博士一个人站在通风口下犹豫着。

"真是麻烦，为什么他总能找出一些问题！"德拉克斯气呼呼地自言自语着，然后突然对邦德说道，"去我办公室吧，我给你看看飞行图，然后就睡觉。"

邦德跟着他走过钢制地板。德拉克斯走到钢壁旁边，转动了上面的小把手，一扇门就被轻轻打开了。在里面不到三英尺的地方又出现了一扇门。关上第一扇门，德拉克斯稍作停留，指着两侧墙上一连串门把手介绍道："这里是车间、电工室、发电机室、仓库。"

接着他又指着紧挨着的一扇门说："这里是我秘书的办公室。"说完，德拉克斯打开了第二扇门。

这个房间非常大，墙壁和地毯都是灰色的。中间有一张大大的办公桌和几把椅子。房间的角落里还放了两个绿色的文件柜和一台收音机。一扇半掩着的门后面是用瓷砖铺成的浴室。办公桌前面有一面用不透明玻璃制成的墙，德拉克斯走到墙跟前，将电灯打开，正面的墙壁立刻亮了起来。上面有两幅六英尺宽的地图。

第十二章
探月号

左侧的地图上绘制着英国的东部,范围是纬度50度～55度。多弗附近的那个小红点就是"探月号"的所在地。一条代表导弹射程范围的弧线在地图上标记着,一直延伸到距离发射点八十英里的海面上,在那里绘制了一个红色的钻石图案。

右侧的地图上则标记着导弹从起点到终点的飞行轨迹,上面记录着许多数据。比如地球的自转对导弹方向的影响等。两个人看完地图后,德拉克斯便关上了墙壁上的开关,墙上又恢复成一片空白。

"好了,现在你还有什么想要知道的吗?在这里你不需要做太多工作。你也看到了,我们的安保已经做得相当不错了,应该没有什么疏漏的地方。"德拉克斯对邦德说道。

"哦,当然,一切看起来都十分妥当,"邦德看向德拉克斯的眼睛,停顿了一下,"你认为你的秘书和泰伦少校之间真的有什么关系吗?"

"也许吧,"德拉克斯淡淡地说,"你知道,我的秘书是一个十分迷人的姑娘。并且他们在工作的时候也有足够多的相处机会。不过,巴尔奇那家伙不知怎的也对布兰德着了迷。"

"我听说,巴尔奇曾经在死前高喊过一声口号,还敬了一个军礼。"邦德说。

"我也听说了这事,怎么了?"德拉克斯平静地问道。

"为什么这些人全都留着胡子呢?"邦德没有接德拉克斯的话,接着追问道。但他感觉到这个问题让德拉克斯有些不高兴。

"这是我的主意，"德拉克斯说，"他们全都穿着一样的衣服，剃着光头，很难区分。所以我让他们留了胡子加以辨认，那就是他们每个人的特征。有什么不妥吗？"

"不，没有。"邦德回答，"只是一下子看到这样的情况我有些好奇。我认为如果在他们的衣服上印上醒目的编号应该更加容易辨认吧？"

"可能，"德拉克斯向门口走过去，好像已经结束了谈话，"可是，我还是会坚持让他们留胡子。"

第十三章 蛛丝马迹

在睡前,邦德将自己的手枪从枪套中拿出来,塞进了枕头下面。这是要防备谁呢?就连邦德自己也不知道,只是他的直觉告诉他,这里非常危险。

星期三的早晨,邦德早早地就在死去的泰伦的床上醒了过来。他根本没睡多长时间。昨天晚上,德拉克斯在回房间的路上一句话也没说,只是在楼梯口时简单地说了一句晚安。邦德顺着过道来到了一扇亮灯的房门前。

邦德走进房间,看到自己的行李都被整整齐齐地摆放在了一起。房间里的装饰非常豪华,在床边还摆放了一些饼干和饮用水。

原主人除了留下一架带着皮套的望远镜和一个上了锁的金属保险箱之外,就没有任何东西了。邦德对保险箱的机关非常熟悉。他将保险箱推到墙边,然后将它倾斜,把手从下面伸进去。果然每个抽屉都上了锁。邦德摸到了开关,然后向上稍稍一用力,抽屉的锁就全都打开了。邦德又小心翼翼地把保险箱搬回原处,心里忍不住恶作剧地想着,要是泰伦在情报局工作,可活不了多长时间啊。

在最上层的抽屉里摆放着多弗海峡地区的地图和一张编号为1895的航海图。邦德把它们摊在桌子上仔细地检查了很长时间。最后,他在那张航海图的折叠处发现了一些烟灰的痕迹。

他立刻伸手拿过梳妆台上的一个皮箱子,其实那是邦德

第十三章 蛛丝马迹

的工具箱。他仔细地检查了一下箱子的旋转密码锁,还好,并没有发现别人试图撬开的痕迹。

邦德转动密码锁,打开了工具箱。里面密密麻麻地摆满了各种精密的仪器。

他拿出了指纹粉,将它们小心翼翼地撒在了那张航海图上,一大片指纹立刻浮现出来。邦德又拿出放大镜仔细地看了看,发现上面有两个人留下了指纹。他用照相机将这两种指纹拍摄了下来,留着待会儿做比较。

在指纹粉喷撒的地方,还有一个现象引起了邦德的注意。有两条细细的线条痕迹在海面上交叉,并且上面做了一个小小的标记。

这两条细线不是用铅笔画出来的,而是好像怕被别人发现,用笔尖轻轻画出来的。

两条线的起点好像都是从邦德所在的这栋房子开始的,在两条线的交叉处,打着一个小小的问号。那个地方距离悬崖大约五十米,水深约七十二英尺,正好位于房子和灯塔船之间的航线上。除此之外,图上就没什么有价值的线索了。

这时候,邦德看了看表,还有二十分钟到凌晨一点钟。突然,门外响起了德拉克斯那沉重的脚步声。邦德连忙起身,轻轻把屋内的大灯关上,只开着床边的台灯。

他听到德拉克斯的脚步声越来越近,大约到了楼梯口的时候,他感觉到德拉克斯关上了走廊的电灯,然后就突然没有动静了。邦德可以想象到,德拉克斯一定是在悄悄地观察和倾听走廊的动静。没过多长时间,就传来了轻轻开门和关

门的声音。邦德耐心等待着，直到一切重新归于平静之后，他才再一次悄悄起身。

他回到保险箱旁边，轻轻地拉开了其他抽屉。第二个和第三个抽屉是空的，不过最后一层的抽屉里却装满了文件。邦德将它们拿出来，发现这些都是在基地的工作人员的档案。分别按字母的顺序标着序号。

他从"A"卷开始，一份一份地认真阅读起来。每份资料的格式都一模一样，记录着各个工作人员的姓名、地址、出生日期、外貌特征、大战时的职业、政治立场、犯罪记录、家庭状况、健康状况等。他们的妻子和孩子的情况也被详细地记录了下来。另外，在所有档案中都附带着照片。同时还有每个人双手的指纹照片。

邦德花了整整两个小时才将所有的档案读完，此时他身旁的烟灰缸里早已堆满了烟头。在这些档案中，邦德发现了两处奇怪的地方：

第一处是在这五十个人当中，没有一个人是有污点的，无论是政治立场、犯罪记录还是生活作风方面，都没有一丝一毫的问题，这简直太让人惊讶了。所以，邦德暗自决定有机会的时候一定要到档案处去把这些人的档案全都复查一遍。

第二处让人奇怪的地方，就是照片上的所有人都没有留胡子。不管德拉克斯怎么说，这件事情都让邦德产生了疑问。

邦德把这些档案资料又重新锁了回去，将那张航海图和其中一份档案放进了自己的皮箱。然后他把箱子推到了自己

第十三章 蛛丝马迹

的床下正对着枕头的墙角处。做完这一切，邦德走进了浴室，打开窗子，开始小声地洗漱。

今晚的月色很美，月光格外皎洁明亮。也许就在几天前，同样是这样一个明亮的夜晚，熟睡中的泰伦被什么声音惊醒了。于是他爬上屋顶张望，或许还带着他的望远镜。想到这里，邦德回到房中，取回了泰伦的望远镜。这是一架能够夜视的高倍望远镜，莫非当时泰伦在海面上看到了什么？

那天晚上，泰伦一定十分小心地爬上了屋顶，用望远镜进行观测，然后估算出目标的大致位置，又悄悄地返回了自己的房间。

可是无论泰伦看到了什么，那一定都不是他应该看到的东西。也许泰伦在头天晚上上房时不够小心，发出了响动，被别人发现了。于是在第二天，那个人便潜入泰伦的房间，到处搜查。他或许并没有在航海图上发现什么，可是窗边的那架夜视望远镜却出卖了泰伦，证实了那人的想法。

于是，泰伦就在那天晚上被杀害了。

这一系列的设想从邦德的脑子里闪过。巴尔奇杀害了泰伦，可他并不可能是发现声响的人。那么，那个人一定就是在航海图上留下指纹的那个家伙。

一定是克雷布斯！那个虚伪做作的小跟班。邦德已经花了一刻钟的时间来对比图上和他档案里的指纹，基本上已经可以认定。他那双贼溜溜的眼睛看起来就是一个天生的窥探者，他的指纹多处覆盖在原先泰伦的指纹上。

可是，克雷布斯不是德拉克斯的得力助手吗？他是如何

在德拉克斯的眼皮底下完成这件事的呢？

邦德突然打了一个冷战，他意识到自己已经在窗边站了太久了，该回到床上睡觉去了。

临睡前，邦德将自己的手枪从枪套中拿出来，塞进了枕头下面。这是要防备谁呢？就连邦德自己也不知道，只是他的直觉告诉他，这里非常危险。多年的特工生涯让他对危险向来十分敏锐，虽然这种意识在他的脑海里还不太清晰，可是这种感觉并非是空穴来风。在这短短二十四个小时内，他心中的疑问太多了。

德拉克斯身上的未解之谜，巴尔奇的那句口号，奇怪的胡子，五十名身世清白的德国人，神秘的航海图，夜视望远镜，诡异的克雷布斯，等等。他必须要先把这些疑点告诉瓦兰斯，然后让他好好调查一下克雷布斯。接下来检查一下"探月号"的安保工作，最后想办法和布兰德进行一次联系。设定完这两天的计划，邦德觉得时间非常紧张，一点儿也不能再浪费了。

他把闹钟设在早上七点，以便他按时醒来。明天他要尽早给瓦兰斯打电话。即使他的这种行为会引起别人的怀疑也无所谓，正好可以将对付泰伦的那些人的注意力转移到自己身上来。目前为止，邦德起码可以确定一件事情：泰伦的死一定不是因为他爱上了布兰德。

早上七点钟，邦德被闹钟准时叫醒了。昨天他睡得太晚了，导致他的嗓子非常难受，脑子也不清醒。邦德强迫自己下了床，然后用凉水冲了个澡，让自己清醒一些。之后他穿

第十三章 蛛丝马迹

好上衣,系上一条黑色的丝质领带,然后提起自己的皮箱轻轻从房间里走了出去。

来到停车场,他迅速钻进了自己的宾利汽车,按下启动按钮,车子慢慢地穿过了那片水泥空地。房子上的窗户被一副副窗帘遮挡着,邦德将车停在树林边,观察着房顶,判断出如果一个人站在房顶上,就可以清楚地看到悬崖的边缘以及悬崖后的海面。

海面上微微升起了薄雾,看来今天会是个好天气。那艘灯塔船就一直静静地停在那里,在海波中轻轻摇曳。每隔三十秒钟就会响起两声悠长的汽笛声。

这艘船上一共有七名船员,不知道他们是否也同样看见了泰伦发现的那些东西呢?

邦德开着车通过了层层岗哨,来到了多弗。在一家精致的咖啡店点了一份火腿炒蛋和一杯咖啡。半个小时后,他来到了伦敦警察厅。

邦德用警察厅的总机给瓦兰斯打了电话,向他说明了他在基地发现的一些情况。不过,邦德保留了一部分,比如那些奇怪的胡子和自己对于危险的那种直觉。如果对方是M的话,邦德倒是愿意再多说一些。可是在这里,电话很有可能被别人监听。况且警察需要的是确凿的证据,而不是一些推测的想法。

瓦兰斯只是默默地听着,并没有发表什么意见。只是在邦德提及还没有和布兰德取得联系的时候,瓦兰斯感到十分意外。

"她是一个十分警觉的姑娘，"邦德说，"我想，如果那个克雷布斯有什么问题的话，她一定会有所察觉。那天晚上泰伦发出的响动她也可能听到了，虽然她还没有向我提起过这一切。"

邦德在心里想着，无论如何都要和布兰德接近，想办法与她合作。或许她的心中也有许多疑点，只不过是没有证据，才一直没有说出来。

"我打算今天上午找机会和她谈一谈，"邦德接着说，"另外，我会把那张航海图和拍摄下来的指纹照片交给这儿的总督，让他派一个巡警给你捎过去。还有，能否告诉我那天泰伦的电话是从哪里打出去的？"

"我会先查一下，然后再告诉你。顺便联系一下海岸警卫队，看看能不能有什么发现。"瓦兰斯说。

挂上电话后，邦德便驾车迅速返回了基地。汽车驶过水泥空地时刚好是九点钟。一声警报从房后的树林中响了起来。接着，由十二个人组成的两排队列整齐划一地从林中跑了出来，喊着号子奔向了发射舱。他们对了一下时间，其中的一人按了按门铃。门开后，他们十分有序地排着队消失在了入口处。

这群一丝不苟的德国人还真是不好对付！邦德暗暗想着。

第十四章 小心试探

作为一名间谍，要想不暴露，最重要的就是伪装。所以几个月以来，布兰德一直掩盖着自己的真实个性，尽量做到滴水不漏。同时也要诠释好自身的两个角色。

半个小时之前，布兰德已经喝完了早餐后的咖啡，换上洁白的衬衫，从卧室出发去基地。

八点半，她准时来到了自己的办公室，一叠由空军部发来的电传稿件此时正静静地摆在办公桌上。布兰德来到桌前，将稿件中重要的内容记录下来，又将它们标注到气象图上。然后她走进德拉克斯的办公室，把玻璃墙点亮，墙上立刻出现了一张表格。布兰德熟练地计算着表格上的数据，最后将得出的结果写在气象图上。

自从基地建成，她来到这儿当秘书之后，布兰德每天都在做着相同的工作。如今，她早已成为这方面的专家了，对于不同的气象变化和罗盘的位置变化了如指掌。

不过，令布兰德生气的是，德拉克斯好像根本就没有采用过她的数据。每天早上九点，警铃响起之后，德拉克斯才会慢悠悠地从楼梯上下来，走进自己的办公室。而他做的第一件事就是将沃尔特博士找来，一起研究她送过去的数据，然后将他们得出的结论记录到一个黑色的笔记本上，那个本子始终被德拉克斯放在裤子后面的口袋里，这是德拉克斯每天都要做的事情。

为了更好地观察德拉克斯，布兰德偷偷地在两个办公室

第十四章 小心试探

之间钻了一个很不起眼的小孔。可是一直以来,她除了能看到德拉克斯例行公事之外,什么收获都没有。布兰德只能定期向瓦兰斯汇报一下德拉克斯都接见了些什么客人,她对于这种生活已经十分厌倦了。

德拉克斯根本不相信她的数据,这样一来,布兰德就没有机会参与到核心的发射工作中去,那她来到这里就失去了意义。

作为一名间谍,要想不暴露,最重要的就是伪装。所以几个月以来,布兰德一直掩盖着自己的真实个性,尽量做到滴水不漏。同时也要诠释好自身的两个角色。一方面,作为基地的员工,她要十分热爱自己的岗位,尽心地做好自己的本职工作;另一方面,她还不能忘记自己此行的真正目的,要小心监视德拉克斯的一举一动。

今天早晨,布兰德反复核查了自己的数据结论,她相信自己的计算是没有错误的。或许德拉克斯并不是不采用她的数据,只是在和沃尔特博士重新检查一遍而已。毕竟她曾经直截了当地问过德拉克斯,自己的数据是否准确。而德拉克斯也非常诚恳地回答了她:"当然,你干得好极了!如果没有你的数据我们根本没法干下去!"

今天是星期三了,布兰德还会再做两次数据的计算。等到星期五,德拉克斯就会根据她的数据,或者是他自己口袋里那组可能完全不同的数据,将陀螺仪的方向调整好,最终按下那枚导弹的开关。

布兰德看着自己的指尖沉思着,突然,她的脑海中闪过一个想法。

还记得自己当初在警校受训时，常常被派出去，并且要求她去偷一个皮包、一只手表或是一支圆珠笔之类的东西，如果完成不了任务就不能回去。每当她的手法不够高明时，四处巡逻的教官就会抓住她的手腕，然后大声对她说道："喂！喂！小姐，你这可不行。要是小偷都像你这样，恐怕他们已经全都饿死了！"回忆到这里，布兰德便暗暗在心中下定了决心。

九点时，警铃准时响起。布兰德听到了德拉克斯走进办公室的声音，接下来他还是和每天一样，打电话叫来了沃尔顿博士。他们交谈的声音在通风机"嗡嗡"声的影响下，几乎听不见什么。

布兰德一只手托着下巴，开始思考起邦德这个人。

邦德？看起来就和情报局里的大部分人没什么区别，年轻又自负。真不明白局里为什么要派这种人来，而不是找一个和自己合拍的搭档，比如自己在伦敦警察厅一起工作过的同事。听局长说，局里其他合适的人员都在忙自己手头的工作，抽不出时间过来。而邦德是局里的一颗新星，也得到了特工处和军情部的充分认可。

可是，仅剩下短短两天的时间了，他又能做出什么有用的事呢？他的枪法可能不错，精通外语，善于使用各种花招。但自从基地建成以来，布兰德就一直在这里工作，这么长时间过去了，她也没发现什么不同寻常的状况。难道邦德能够在这短暂的几天中发现什么吗？

第十四章
小心试探

虽说布兰德没有发现什么特殊的线索，但是在她心中还是有那么一两个疑惑。比如奇怪的克雷布斯，这个人一直让布兰德心中不安。那她到底要不要和邦德说呢？这个家伙可不要一时冲动做出什么蠢事暴露了她的身份。她一定要保持冷静，更加谨慎才好。

这时候，门铃响了，德拉克斯在叫她。布兰德收回思绪，拿上笔记本走出了自己的办公室。

半个小时后，布兰德回来时，发现邦德不知什么时候坐到了自己的椅子上。看见她进来，邦德站起身，笑着向她打招呼。而她只是简单地点了点头，从桌子旁边绕了过去，坐到了邦德刚刚让出的位置上，将手中的笔记本放好。

"你应该为客人准备一把椅子。"邦德笑着说。

布兰德撇了撇嘴，没有说话。

"还应该放上几本有趣的杂志，不是吗？"邦德没有在意布兰德的态度，继续打趣道。

然而，布兰德没有理会他这句话，而是一板一眼地说道："德拉克斯要见你，我正准备去看看你有没有起床呢！"

"你明明已经知道我在七点半的时候就离开了，"邦德说，"那时候，你不是正躲在窗帘后面偷看吗？"

"我才没有那样做！"布兰德有些生气地说，"我为什么要对一辆开过去的汽车感兴趣？"

"所以，你还是听见了我的汽车声，不是吗？"邦德眨了眨眼睛。

这个该死的家伙！布兰德在心里咒骂道。

"好了，我可没有时间陪你在这里猜谜语。德拉克斯要我们一起进去，他可不喜欢等人！"

说着，布兰德站起身打开房门，邦德跟在她的身后一起走了出去。

此时德拉克斯正在玻璃墙前面看地图，听到他们进来，德拉克斯转过身。

"哦，你来啦！"他迅速扫了邦德一眼，"我还以为你丢下我们一个人跑了呢！听警卫员说你早上七点半就出去了。"

"我只是出去打了个电话，"邦德说，"希望没有打扰到你。"

"我书房里就有一部电话，泰伦一直都觉得非常好用。"

"啊，可怜的泰伦！"邦德一点儿也不喜欢德拉克斯那充满威吓的语气。所以他本能地想要杀一杀他的威风。显然，他的方式奏效了。

德拉克斯目光锐利地看了一眼邦德，随后干笑了一声："好吧，每个人都有自己的职责，你想要做什么就去做吧，不过不要扰乱这里的秩序。"接着，他又一脸严肃地说，"你要记住，这两天可不要去问我手下的员工什么乱七八糟的问题，他们的神经敏感着呢，我可不希望他们因为什么事情而变得心神不宁。布兰德小姐会告诉你关于他们所有人的信息。另外，难道你没有看到他们那些放在泰伦房间的档案吗？"

第十四章 小心试探

"我没有文件柜的钥匙。"邦德这倒是实话。

"抱歉,是我疏忽了。"

德拉克斯走到桌边,打开了一个小抽屉,从里面拿出一串钥匙递给邦德。

"本来昨天晚上就应该给你的,可是我不小心给忘记了,实在是抱歉。"

"谢谢,"这时候邦德微微停顿了一下,"顺便问一句,克雷布斯在这儿工作多久了?"

邦德突然提出了这个问题,房间里顿时变得鸦雀无声。

"克雷布斯?"德拉克斯反复在口中重复着这个名字,静静沉思着。他从口袋中取出烟盒,然后往嘴里塞了一支,点着火。

"这里还可以抽烟吗?"邦德有些吃惊。

"可以的,"德拉克斯抽了一口香烟,回答道,"这里的每个房间都是密封的,门的边缘都用一圈橡胶紧紧包裹着,每个房间还有它独立的通风系统。"

说着德拉克斯又笑了笑:"我有很大的烟瘾,要是不让抽烟,那我可受不了!"这时,德拉克斯将嘴里的烟拿了出来,静静地看了一会儿,然后像是下定了什么决心一样,开口说道,"你刚刚说克雷布斯?其实,我也不是完全信任他的。他总是在我的房间转来转去,有一次我还正好撞见他在鬼鬼祟祟地翻我的信件。不过他当时给我的解释合情合理,我也没有发现确凿的证据来证明他这个人有问题,不然的话也不会留他到现在。"

"他只是我的一个小跟班,不会进到工作现场来,应该不能造成什么影响。"德拉克斯看了一眼邦德,"当然了,你还是要多多注意他。你这么快就发现了这个人有问题,确实非常能干啊!那你是怎样开始怀疑他的呢?"

"哦,其实也没有什么。"邦德回答,"我只是觉得这个人贼眉鼠眼的,看上去不像好人,所以才问了一句。可听你刚刚这么一说,这个人确实有问题,我会好好看着他的。"

说完,邦德转身看着一直在一旁沉默的布兰德。

"对于克雷布斯这个人,你又是怎么看的呢,布兰德小姐?"

布兰德没有直接对邦德说话,而是把头转向了德拉克斯。

"我一点儿也不清楚这些事情,"她平静地说,"但是,我原本不打算告诉你这些的。其实我对克雷布斯这个人也没有什么好感,因为他确实有好几次都偷偷来过我的房间,拆开过我的信件。"

德拉克斯看起来非常吃惊:"这是真的吗?"说着,他将烟头一点儿一点儿地掐灭在烟灰缸里。

"看来这个人还真的有些问题。"他低着头说。

第十五章 以牙还牙

屋子里又是一片沉寂。邦德思考着整件事,发现所有的嫌疑都指向了克雷布斯一个人,这一点让邦德感到有些奇怪。难道这样就可以洗清其他人的嫌疑吗?

屋子里又是一片沉寂。邦德思考着整件事,发现所有的嫌疑都指向了克雷布斯一个人,这一点让邦德感到有些奇怪。难道这样就可以洗清其他人的嫌疑吗?这个克雷布斯背后会不会还有一个不可告人的秘密组织呢?如果真是他一个人的问题,那么他这样做的目的又是什么呢?这一切到底和泰伦以及巴尔奇的死有什么关系呢?

一连串的疑问在邦德的脑子里旋转着。这时候,德拉克斯的话打断了他的思绪。

"这样吧,"德拉克斯看向邦德,似乎要征得他的同意,"我把他交给你去办,无论如何,让他离基地越远越好。其实我也准备明天将他带到伦敦去,和部里商量一下最后的细节。因为沃尔特博士走不开,我又没有其他能够处理杂务的助手,所以只好将克雷布斯带过去。之后我就一直把他留在伦敦,这样他就不会再对我们造成什么影响了。当然了,在他离开前,我们一定要紧紧地盯住他。"德拉克斯语气又变得温和起来,"不过,请你尽量不要惊动基地里的其他人,我可不希望再造成什么恐慌了。"

"这倒不会,"邦德回答,"请问他在基地里还有什么其他要好的伙伴吗?"

第十五章 以牙还牙

"除了沃尔特和我们的管家，我还没见过他和其他什么人打过交道，"德拉克斯说，"也许是他自命清高吧。不过，我个人认为克雷布斯不会存在什么危险，不然我也不会一直用他到现在了。每天他都自己一个人在那座大房子里面，多无聊啊。可能他只是喜欢窥探一些别人的隐私吧，并没有什么见不得人的秘密。"

邦德点了点头，没有说出心里真正的想法。

"好啦！"因为结束了这个话题，德拉克斯显得非常高兴，"我们还是来谈一谈正经事吧。还剩下两天的时间了，我现在和你把最后的流程说一遍。"他站起身离开了椅子，慢慢地来回踱着步子，"今天是星期三，在下午一点的时候，基地需要关闭，同时开始补充燃料，我和沃尔特再加上其他两个工作人员会全程监督这一切，防止意外的发生，"他又笑了两声，"要是今晚天气不错的话，我们就打开舱顶换气。"

"完成燃料的填充工作之后，顶盖会在明天早上重新开放，一直到中午再关闭。基地四周随时都会有警卫巡逻。等到星期五的上午，我会亲自调整好陀螺仪的方向，然后由空军部的人员监控雷达。十一点四十五分，广播电视台将会全程直播发射的情况。十二点整，我将按下发射按钮。"

德拉克斯满脸兴奋地大声说道："到那时，我们将会看到前所未有的壮观场面！哦，对了，从星期四午夜开始，目标区域的所有海域范围内都不允许有任何船只航行，只有BBC（英国广播公司）的转播员会在一艘小船上等待报道。到时候不光是内阁，就连白金汉宫都会收听我们发射的情况！"

"听上去棒极了！"邦德由衷地为他感到高兴。

"谢谢！"德拉克斯说，"那么现在，我想知道你对这里的安全防御措施是否还满意？我觉得外部的安保工作已经做得非常细致了。"

"一切都安排得井井有条，我想，这段时间我应该没有什么要做的了。"邦德回答。

"的确，我也是这样认为的，"德拉克斯赞同道，"克雷布斯今天下午会到转播船上去做一些工作，应该不用担心。你可以趁着这段时间去悬崖脚下看看，那里可能会是唯一防范不太严密的地方。如果有人想要偷偷潜入基地，那里的排气通道无疑是最佳的选择。"

"那我确实应该去看看。"邦德说。

"你还可以带上布兰德小姐，多一个人就多一双眼睛。更何况她的工作要等到明天才能去做。"

"好的，"邦德回答，"如果布兰德小姐下午没有什么事情的话。"

说完，邦德转身看向布兰德，冲她扬了扬眉毛。

而布兰德则低低地垂着眼睛，言语中并没有什么热情："如果德拉克斯爵士认为有这个必要的话，我可以去。"

"好的，那就这么定了！"德拉克斯搓了搓双手，"现在我要开始工作了，请你去把沃尔特博士请来，咱们午饭时再见。"

邦德明白自己也该起身离开了，于是对德拉克斯说："我先去发射站看看。"

第十五章
以牙还牙

其实，邦德并没有打算去发射站，但是他也不知道自己为什么要撒这个谎。

今天的天气格外晴朗，阳光照在身上感觉暖洋洋的。邦德走出办公室，穿过水泥空地，朝着自己的房子走去。往常灯塔船的汽笛声已经听不见了，远处的海面上只有几艘小船随波荡漾着，四周显得格外宁静。

邦德沿着防爆墙快速地走到门口，他轻轻推开了门，将脚步尽量放缓，悄无声息地走进了大厅，然后侧耳仔细地听着。一只蜜蜂正"嗡嗡"地在窗前叫着，房后的兵营里传来了几下敲击声。

邦德继续小心地穿过大厅，悄悄走上楼梯，没有让自己发出一点儿响动。走廊里异常安静，可是，邦德却看见自己位于走廊尽头的房间门正开着。

他将一只手放到腋下，摸到自己的手枪，然后快步走到房间门口。

此时，克雷布斯正背冲着门，蹲在地板中央，身体前倾，双手不停地摆弄着邦德的密码箱。他全神贯注地仔细听着箱子的响动，把所有的注意力都放到了那上面。

这家伙已经彻底暴露了他的意图，邦德没有丝毫犹豫，嘴角冷冷地一勾。然后飞快地跃进房门，狠狠地踹出一脚。

这一脚邦德用上了全身的力气。只见克雷布斯就像一只青蛙一样，直直地越过了密码箱，飞出将近一米远。接着便是一声惨叫，克雷布斯的脑袋重重地撞在了梳妆台的一角上，梳妆台剧烈地摇晃了几下，等到它重新恢复平静时，克

雷布斯已经昏死在地上了。

邦德看了看他,又听了听周围的动静,确定没有人来之后,他上前将克雷布斯的身子翻了过来。

那张留着黄色胡须的脸此时极其苍白,头上不断地冒着血,他的双眼紧闭着,呼吸也比较急促。

邦德仔细地搜遍了克雷布斯的全身,掏出了一串万能钥匙,一把锋利的弹簧刀和一根小黑皮棍。他把这些东西全都放进了自己的包里。

五分钟后,克雷布斯的脸上渐渐恢复了血色。又过了一会儿,他终于慢慢睁开了双眼。当他恢复意识之后,眼神立刻变得凶狠起来。

"我什么也不会说的!除非是德拉克斯爵士出现在我面前!"克雷布斯的语气十分粗暴而愤怒,"你没有任何权力审问我,我是在执行任务!"

邦德举起了自己的拳头。

"你最好再仔细想想,否则你会尝到苦头的!说,到底是谁派你来的?"

"你做梦吧!"克雷布斯大声吼道。

邦德一拳狠狠砸到了他的小腿上。

克雷布斯立刻疼得缩成一团。然而,当邦德再次举起拳头时,他却一下子从地上跳了起来,邦德的拳头打在了他的肩膀上。此时的克雷布斯已经顾不得身体的疼痛,飞快地冲出房门逃走了。等到邦德追出房间时,他早已不见了踪影。

听着克雷布斯慌里慌张跑下楼梯的脚步声,邦德心里觉得

116

第十五章 以牙还牙

十分好笑。他回到房间,将房门反锁,然后将房间整理干净。

其实邦德心里清楚,就算是把克雷布斯打死,也无法从他嘴里得到任何有价值的东西。他不过是想给克雷布斯一个教训罢了。要是德拉克斯知道了这件事情,也不会轻易放过他的,除非他就是德拉克斯派来的。

整理好房间,邦德默默地看着墙上的钟表,陷入了沉思。刚刚他故意告诉德拉克斯自己要先去发射站看看,就说明自己在这个时候是不会回到房间的。那么按照推理,克雷布斯这个时候会出现在自己的房间,很有可能就是德拉克斯指使他干的。可这到底是为什么呢?这一切难道和泰伦的死有什么关系吗?那真的只是单纯的命案吗?

邦德正这么想着,门外传来了几下敲门声。他小心翼翼地打开门,管家正恭敬地站在门口,身后还跟着一位身穿制服的警察。这位警官礼貌地向邦德行了一个礼,然后递给他一份电报。

这份电报的署名是巴克斯特,邦德知道这是瓦兰斯的化名。电报的内容是这样的:

一、电话是从房间里打出去的

二、起雾时要求鸣警笛,过往的船只除了这个没有发现任何异常

三、你提供的罗盘方位距离海岸太近,并不在海岸警卫队的巡查范围

"谢谢,"邦德对门口的警察说,"没有回电。"

邦德关上门,然后拿起打火机将电报烧成灰烬,又把它

们倒进了壁炉里。

　　这封电报的内容并没有为邦德带来什么有价值的信息。不过邦德现在可以弄清楚一点，那就是泰伦在房间里打电话时一定被人听到了，所以才会有人进到房间来搜查，这也最终导致了泰伦的惨死。可是，巴尔奇那奇怪的举动又该如何解释呢？如果这场命案就是一场大阴谋的话，那么又会不会与导弹的发射有关呢？

　　也许应该这样理解，克雷布斯其实就是一个专门为德拉克斯窥探他人隐私的人，因为德拉克斯这个人生性多疑，所以他才要弄清楚布兰德、泰伦，包括邦德是否对他忠心不贰。

　　邦德坐在寂静的房间里，在脑中反复地将这些天所看到的、想到的拼凑到一起。最后，他的脑海中出现了两幅画面：

　　一幅是阳光明媚，到处生机勃勃，百花盛开；另一幅则是乌云密布，到处都是可怕的疑点和惊恐的问号。

　　午餐铃响了，邦德的脑子里还是一片混乱。他烦躁地摇摇头，决定先把这些杂念从脑海中抛开。希望今天下午与布兰德的交谈，能够给他一些启示吧！

第十六章 危险来临

邦德瞬间下意识地朝布兰德扑去,在一阵惊天动地的巨响声中,邦德头痛欲裂,近乎昏厥,他的脑子里不断回响着刚刚最后听到的"在特工处……在特工处……"

　　那是一个阳光明媚，美丽宁静的下午。邦德和布兰德来到了陡峭的悬崖边，远远地眺望着蔚蓝的海面。

　　他们的左边是一片绿油油的草地，上面五颜六色的小花随着微风轻轻摇摆。从悬崖的下方缓缓升起一层薄薄的白雾，笼罩着陡峭的白色石壁。远处，在阳光的照射下整个海湾波光粼粼，偶尔经过的小船立着一支支细细的桅杆，仿佛在诉说着古老的故事。

　　两个人静静地欣赏着这幅祥和绮丽的风景画。这时，从房子那边传来了两声警笛，打破了眼前的宁静，将二人拉回了现实世界。邦德回过头，看到在发射点的圆顶上升起了一面红旗，两辆气派的空军运输车从树林中开了出来，然后缓缓地停在了防爆墙边。

　　"开始加燃料了，"邦德提醒布兰德说，"咱们应该离这儿远点儿，要是发生了什么意外情况，我们很有可能丧命。"

　　"确实，"布兰德笑了笑，"而且我早就看够这些水泥房子了。"

　　于是，他们两个人慢慢从斜坡走了下去，很快就看不见高高的发射站了。

第十六章 危险来临

也许是这美好天气带来了好心情,今天的布兰德不再像以前那么冷冰冰的,一路上和邦德有了不少交流,甚至和邦德开起了玩笑。两个人之间的陌生就在这样的阳光下融化了。

于是,邦德把今天早上克雷布斯偷偷进入自己房间的事情告诉了布兰德。

"那个家伙确实应该受点儿教训,"布兰德说,"我一直都不信任这个人,那德拉克斯怎么说?"

"在午饭前我找到了德拉克斯,还把从克雷布斯身上搜到的刀和钥匙拿给他看了。德拉克斯看起来暴跳如雷,直接就气冲冲地去找克雷布斯了。不过他回来的时候说克雷布斯的伤已经非常严重了,如果再对他进行惩罚也说不过去。然后他再一次提到:不要让他手下的员工产生恐慌。下个星期,德拉克斯就会把他送回德国去,并且在此之前会严密监视他的一举一动。"

说完话,两个人继续向前走着,他们顺着一条小道来到了海滩上,那里有一个被废弃了的小型武器靶场,地上满是鹅卵石。二人一直沿着海滩走了将近两英里,没有再说过话。最后,还是邦德打破了沉默,讲起了他在这一天当中所想到的种种。

邦德没有丝毫保留,将自己的每一个怀疑和猜测都一五一十地告诉了布兰德。可是,这些杂乱无章的线索加到一起又产生了种种疑问:到底是一个什么样的犯罪动机,才可以解释得通这一切呢?邦德所怀疑过和了解过的一切情况

都没有造成对"探月号"发射的任何不利。这又是为什么呢?

"怎么样?"邦德问道,"你怎么看呢?"

"我认为你的判断并没有错,但是我暂时也没有什么新的发现,"布兰德说,"虽然那场枪击事件有些蹊跷,可是却没有什么不妥的地方。无论是德拉克斯本人还是他手下的员工们,每一个人都兢兢业业地在完成着这项伟大的事业。他们已经把'探月号'当成了自己生命的一部分。

"也许,巴尔奇只是受不了这里高强度的工作压力,才会干出那样的傻事。基地的安保也做得万无一失,根本不可能有不怀好意的人能够靠近导弹。至于克雷布斯这件事,我同意你的看法。他很有可能是按照德拉克斯的指示行事的,所以这也是我没有将克雷布斯偷偷翻看我的私人信件这件事告诉德拉克斯的原因。"

布兰德咽了咽口水,又接着说道:"但或许德拉克斯只是因为他本身多疑的性格,才会做出这样的事。我必须得说明,我个人还是很佩服德拉克斯这个人的,即使他冷漠无情,脾气暴躁,也不怎么好看,但我还是愿意为他工作。我对'探月号'的发射同样充满了期待,就和他手下的员工一样。"

说完话,布兰德抬起了头,看着邦德的反应。

"我可以理解你的想法,当我第一次看到'探月号'时,也和你想的一样。我同意你的分析,事实上我也没有发现什么有用的证据,这一切只是我的直觉罢了。总之,我们

第十六章
危险来临

的任务就是要好好地保护'探月号',不能让它出现一丁点儿意外。"邦德耸了耸肩膀,好像是要把他心中的不安抖落掉一样,"我们继续向前走吧,好像已经耽误不少时间了。"

布兰德朝邦德会意地笑了笑,跟上了他的脚步。

他们来到了悬崖的拐弯处,在起重机和码头之间,崖壁上大约离地二十英尺高的地方就是黑洞洞的排气道出口,一直通向导弹脚下的钢板。

邦德抬起头,远远地望着发射舱的一角。想象着身上穿着石棉防火服的工作人员正小心翼翼地将威力巨大的液态炸药导入到导弹内部。

突然,邦德意识到,万一在加注这一环节上出现了什么意外,他们此时所处的地方就会相当危险!于是他赶紧对布兰德说:"我们还是赶快离开这儿吧!"

当他们又走出了大约一百米的距离,邦德回望了一下四周。他在思考着如果自己和六个强壮的汉子全副武装来到这里,然后从海面上向基地发起攻击,要如何突破基地的防线呢?是不是应该从排气通道爬进去?但是估计没有人敢去那么做。那如果利用武器进行破坏呢?也许会达到目的,但是想要安全撤出却是一件难事。

布兰德站在邦德的身边,看着他那双满是思考的眼睛,仿佛洞悉了他的想法。

"这件事可没有你想的那么简单,"布兰德说,"无论天气多么恶劣,德拉克斯都会派人到悬崖上整夜看守。并且他们的装备十分齐全,有探照灯、手榴弹和布朗式轻机枪。想要突破这道防线几乎是不可能的。"

"那如果有一支训练有素的水下潜艇队伍从海下进行破坏呢?"邦德还是努力寻找着可行的办法。

布兰德眼睛突然一亮:"这个方法真的可以吗?"

"我想这应该是最好的方案了。"邦德回答说,"好了,不说这个了,还是让我们来聊聊天吧。当初你为什么会取名叫加娜呢?"

布兰德笑了笑:"其实,这并不是我原本的名字,由于工作的需要,我必须总换名字才行。事实上我已经快要忘了自己的真名叫什么了,在特工处时……"

突然,"轰"的一声,一阵炸弹引爆的声音从二人的头上传来。岩壁周围的几只海鸥陡然向高空飞去,嘴里发出凄厉的尖叫声。原本结实的岩石变得扭曲起来,一阵黑烟从悬崖边升起。

邦德瞬间下意识地朝布兰德扑去,在一阵惊天动地的巨响声中,邦德头痛欲裂,近乎昏厥,他的脑子里不断回响着刚刚最后听到的"在特工处……在特工处……"

邦德的身体紧紧地贴着布兰德,炸落的石块不断砸在他的背上,让他觉得一阵麻木,几乎要喘不过气来。

在即将失去意识的关头,邦德竭尽全力让自己保持清醒。他试图挪动一下自己的身体,可是却只有紧挨着崖壁的右手能够动一动。

邦德拼尽了全力用手撑了撑自己的身体,终于在沙子碎

第十六章 危险来临

石之间呼吸到了空气。周围的尘土让邦德咳得一阵干呕，他觉得自己的肺都要炸开了。最后，邦德一点儿一点儿地挪动着肩膀，总算把自己埋在碎石中的头和手臂全都露了出来。

他的第一个反应就是"探月号"发生了爆炸，于是他抬起头向基地的方向看去，但是他再一想，又觉得不可能。基地距离这里还有很远，悬崖只是在他们的正上方塌了一块。如果真是导弹爆炸了绝对不只是这个样子的。

意识到了这一点，邦德才想到了眼前的险境。布兰德正在乱石中痛苦地呻吟着，邦德能够感觉到她的心脏跳动得飞快，那张原本美丽的脸庞此时一点儿血色都没有了。邦德慢慢将自己的身体从布兰德身上挪开，以减轻对她肺部和腹部的压力。

邦德背上和手臂上的伤口正不断地往外渗着血，不过他能感觉到自己的骨头没有断。他喘着粗气并不断咳嗽着，可是他不能停下来休息，布兰德还处在危险当中。他用力把自己的双腿从岩石中拔出来，然后用手将布兰德脸上的灰尘拂去，再把她的身体靠到岩壁上。

邦德跪坐在布兰德身边，身上的血不停地滴在她身上，他一直观察着布兰德的反应，祈祷她能够快点儿醒来。

几分钟之后，布兰德终于睁开了她的双眼。邦德一下子如释重负，此时他才感到身上剧烈的疼痛。他将头向后靠去，痛苦地咳嗽起来。

过了好半天，邦德才稍稍恢复了一些。布兰德一直充满担忧地望着他，零零碎碎的石块在余震的作用下不断滚落到

他们身边。

邦德好不容易才从岩石堆里站了起来，然后扶起更加虚弱的布兰德。两个人跟跟跄跄地离开了刚才那个可怕的灾难现场。

此时的他们双腿发软，感觉脚下的砂砾都软绵绵的。一不小心，二人又双双跌倒在地上。接着，布兰德开始呕吐起来。

第十七章 反复推测

听到邦德的话,布兰德这才恍然大悟,她的眼神中充满了惊恐与不安。"我们该怎么办呢?"她紧紧地皱着眉头,"这到底是为什么?"

邦德吃力地向前爬了几步，挣扎着再次站起来，靠在一个高高的石块堆上。

平复了良久之后，邦德重新睁开眼睛打量着这个刚刚差点儿害死他们的鬼门关。

从悬崖上面掉落的岩石碎片凌乱地散落一地，一直延伸到了海边，足足铺满了一英亩见方的区域。在岩石堆的上方，正对着悬崖边缘，那上面形成了一个锯齿状的缺口。估计在这次爆炸之后，附近的鸟儿应该很长时间都不敢靠近这里了。

他们之所以能够幸运地活下来，是因为当时他们距离悬崖边非常近，所以压住他们的仅仅是一些不太大的碎石。不然的话，他们早就被巨大的岩石块砸成肉酱了！当时距离他们最近的一块大石头还不到三米远，真是惊险万分！

另外一件幸运的事情就是邦德的右手没有被压住，这才使得他把两个人从令人窒息的岩石堆里解救出来。要是当时邦德没有及时扑向布兰德，恐怕现在两个人都没命了。

大约休息了十几分钟，他们总算恢复了一些元气。二人来到海滩旁边，用海水好好清理了一下自己的身体，又将衣

第十七章
反复推测

物整理好。做完这一切,他们已经身心俱疲了。邦德静静地坐在沙滩上,点燃了一支香烟,贪婪地吸着。而布兰德则从自己破烂不堪的手包中拿出了粉底和口红,重新化好妆,又用梳子梳理好头发。两个人总算恢复了正常,除了面色还有些憔悴,几乎已经看不出来刚刚经历过灾难了。

两个人默默地注视着眼前的大海,许久都没有说话。

"真是惊险万分啊!"邦德最终感叹了一句,"感谢上帝,让我们活下来。"

"我现在都没有回过神来,"布兰德说道,"可是我知道,是你救了我的命,谢谢你!"布兰德紧紧地握住了邦德的手。

"如果没有你,我也同样不会活下来的,"邦德耸了耸肩膀,之后转过头严肃地看着布兰德,"你现在一定也非常清楚,肯定是有人在悬崖上动了手脚,想置我们于死地!"

布兰德睁大了眼睛看向邦德:"什么?这是真的吗?"

邦德用手指了指悬崖上方:"我们一定可以在那里找到几个打孔的痕迹和一些残留的炸药。在爆炸的那一刻,我看到了浓烟,还听到了爆炸声。另外,这一定不是克雷布斯一个人干的,应该是好几个人合作,这是一场十足的谋杀!从我们走下悬崖时就一定有人在监视着我们。"

听到邦德的话,布兰德这才恍然大悟,她的眼神中充满了惊恐与不安。"我们该怎么办呢?"她紧紧地皱着眉头,"这到底是为什么?"

"他们不想让我们活,我们就更要活得好好的!"邦德坚定地说道,"我们一定会把事情调查得水落石出!"

"这个谋杀计划设计得很完美,"邦德接着说,"那些浑蛋一确定我们被石块砸中后就离开了,然后回去等我们的消息。如果过了今晚,我们还没有回去,他们就可以光明正大地出动人手去到现场进行搜寻,等到警方赶到时,现场也就被他们破坏得差不多了。并且,这里的位置很偏僻,一般没有人会到这里来,就算是海岸警卫队那边发现了什么动静,也不会过多地去在意。毕竟,在春天岩石由于风化而崩落是很正常的一件事情。

"即使我们和瓦兰斯汇报了这件事也没有用,因为他没有十足的证据能够阻止'探月号'的发射。难道发射真的那么重要吗?那些德国人似乎并不愿意让我们活到周五。到底是出于什么原因呢?现在,这一切就只能靠我们自己去弄清楚了。"

邦德平静地注视着布兰德的双眼:"你觉得呢?"

"当然了,"布兰德同样望着他,"我们来到这里就是要解决问题的,我一定会坚持到最后,一定要搞清楚才行!"

邦德点了点头,然后站起身,身上的伤口被扯动,传来一阵阵钻心的疼痛。然而邦德那张坚毅的脸上却丝毫没有流露出痛苦的表情。他淡淡地开口:"我们该走了,快六点了,这里很快就要涨潮,咱们先赶到圣玛格丽海湾,然后在那儿好好吃点儿东西,然后洗个澡。说不定还能在他们吃晚饭之前赶回去。我倒要看看他们见到我们安然无恙的样子会有什么反应。怎么样,你的身体还撑得住吗?"

第十七章 反复推测

"我当然没事了,难道你以为我们女警察是用纸片做的吗?"布兰德勉强地笑了笑。

"哈哈,佩服佩服!"邦德打趣地说道。

晚上八点半,他们坐上一辆出租车,回到了基地。

一个小时前,两个人冲了一个舒服的热水澡,然后喝光了两大杯咖啡,还要了一盘美味的煎鱼。此时两个人的精神非常振奋,虽然他们的身体已经十分疲惫了,衣服下的伤口也在隐隐作痛。

他们镇定地穿过前门,在灯火通明的走廊中稍稍停留了一会儿,听到德拉克斯兴奋异常的说话声从餐厅中传出来。接着,说话声停止了,又传来一阵刺耳的狂笑。

邦德的嘴角冷冷勾起,慢慢朝餐厅走去,当他礼貌地为布兰德拉开门时,又换上了一副灿烂的笑脸。

此时,德拉克斯穿着他那件紫红色的便服在吃东西,叉子上插着满满的食物正要送进嘴里,在看到邦德突然走进来时,他手中的叉子明显一顿,上面的食物"啪嗒"一声掉在了桌上。

而克雷布斯当时正在专注地喝着手中的红酒,他的喉咙猛地一顿,红色的液体就顺着嘴角流了下来,洒满了他的黄色衬衣。

沃尔特是背对着邦德他们的,在看到自己的两位伙伴全都瞠目结舌的样子后,他转过头看向门口。不过他的反应倒是平静很多:"哦,原来是那两个英国佬回来了。"

德拉克斯在短暂的呆滞之后立刻站起身来:"啊,我亲

爱的朋友！可真是急死我了，刚刚我还要派人去找一找你们呢！哨兵向我报告，说是今天悬崖那边发生了岩石崩裂事故。"

德拉克斯绕过桌子向他们走来，手里还紧紧地握着餐叉和纸巾。

走了几步之后，他的脸色终于变得红润了起来。

"你为什么不提前告诉我你们会在这个时候回来呢？真是不成体统！"德拉克斯对布兰德不满地说。

"这是我的错，"邦德直接接过了话头，然后仔细地观察着三个人的表情，"路程比我想象的要远多了，我们避不开涨潮，所以就在圣玛格丽停留了一会儿。在那里吃了一些东西后我们就回来了。布兰德小姐原本是想要给您打电话的，但是我想我们应该会在八点之前赶回来，所以就没让她打。"

"你们请继续用餐吧，待会儿我会和你们喝一杯咖啡。布兰德小姐应该很累了，就让她先回房休息吧。"

说着，邦德不动声色地走到了餐桌旁，然后慢慢拉开了克雷布斯身边的那张椅子。那个头上缠满了绷带的可怜虫显得格外紧张，眼神中充满了恐惧，身子不停地抖着，看来今天被打的事情直到现在还让他心有余悸。

"那既然这样，布兰德你就先去睡吧，明早我再与你细说。"德拉克斯不耐烦地挥挥手。

布兰德默默地离开了餐厅。德拉克斯重新回到了自己的座位上，重重地坐下来。

"悬崖那里的风光好极了！"邦德快活地说道，"走在

第十七章 反复推测

那里的感觉还不错。不过,要是万一有石块向人砸下来,那确实是有些可怕啊!但这种事情应该不会发生吧?"接着,邦德停顿了一下,"对了,你刚刚提到的岩石崩裂是怎么回事?"

这时,餐桌左侧突然传来了一阵轻微的呻吟声,然后就是一阵餐盘掉落摔碎的声音。原来是克雷布斯的脑袋一下子撞到了餐桌上。

邦德用一副饶有兴致的样子看着他。

"沃尔特!"德拉克斯突然严肃地喊道,"还不快把他弄出去,没看到他已经神志不清了吗?"

沃尔特听到吩咐后连忙站起身,走到克雷布斯旁边,粗暴地提起他埋在餐桌上的脑袋,把他拽了出去。

"他今天一定也累坏了吧?"邦德直勾勾地盯着德拉克斯的眼睛说。

"你说什么呢?他只是喝醉了!"德拉克斯用手抹了一把大汗淋漓的脸。

这时候,管家进来了,看到磕磕绊绊走出餐厅的沃尔特和克雷布斯两个人丝毫没有表现出惊讶。他笔直地来到餐桌旁,为邦德倒满了一杯香浓的咖啡。

在这期间,邦德一直在不停地思考。现在,他和布兰德生还的消息一定已经被那群阴谋者知道了。那么,德拉克斯到底会不会知晓这一切呢?刚刚他脸上的惊讶并不明显,如果这一切真的和他有关系,那他倒是掩饰得很好。况且,他应该一下午都在监视加注燃料不是吗?于是,邦德打算探一

探他的口风。

"燃料加注得怎么样?"邦德开口问道。

"很好,一切已经准备就绪。明天一早再重新检查一遍,发射站就可以关闭了,"德拉克斯点燃了一支雪茄,然后瞥了邦德一眼说,"我明天下午要带布兰德小姐去一趟伦敦,克雷布斯也一起陪同。请问你有什么安排吗?"

"那太巧了!明天我正好也要去伦敦一趟。"邦德不假思索地说,"我要去总部提交一份文件。"

"哦,是吗?"德拉克斯看似不经意地问道,"是关于哪方面呢?我想你应该对这里的一切都比较满意吧?"

"那是当然。"

"那就好!"德拉克斯从椅子上站了起来,"那么就这样吧,我还要去看几份文件,晚安!"

"晚安。"邦德看着德拉克斯的背影,然后喝光杯中的咖啡,回到了自己的房间。

邦德耸了耸肩,看来自己的房间再一次被搜查过了。但事实上他只有一个皮包而已,而且那里面也没有什么秘密,不过是自己完成任务所需要的几件工具罢了。

手枪依然藏在他的老地方——泰伦之前用来装望远镜的皮匣子里。邦德拿出手枪,把它塞到枕头下。

他重新洗了一个热水澡,然后拿出碘酒涂到了自己的伤口处。躺在床上的邦德感到浑身酸痛,筋疲力尽。

明天布兰德会和德拉克斯去伦敦,他的心中隐隐有些不安。不过却没有特别担心,他相信谜底就快要被揭晓了。还

第十七章
反复推测

有三十六个小时,这件举世闻名、万众瞩目的武器就要发射了,它的安全和管理让人挑不出任何毛病。可是,到底那个人,或者那些人为什么想要自己和布兰德的命呢?这一点一直是让邦德想不通的地方。明明自己的工作和布兰德来到这儿的初衷都没有对"探月号"的发射造成一丝一毫的影响。

在昏昏欲睡时,邦德还在反复琢磨着,总之,明天他要在伦敦想办法见到布兰德一面。但是就在他快要睡着的时候,他的脑子里突然浮现出了一幅蹊跷的场景——刚刚的餐桌上只摆放了三个人的餐具。

第二天下午,邦德来到停车场,准备出发前往伦敦。今天,在他的宾利轿车旁边停着一辆梅赛德斯奔驰,这是一款十分漂亮的折叠跑车,在全英国也只有四五辆。这是德拉克斯的车,和这辆车比起来,邦德的宾利立刻变得失色不少。

这时候,德拉克斯从房门中走了出来,布兰德默默跟在他的身后。在看到邦德看向那辆车的眼神时,德拉克斯高傲地抖动着自己满脸的红胡子,高声说道:"这才叫好车。"

说着,他又伸手指向邦德的宾利:"你这车以前还可以,但是现在,也就能开着去看看戏了。这样子真是太古板了!"

德拉克斯又微笑着把头转向克雷布斯:"你到后面去坐着吧。"

克雷布斯顺从地爬进了车的后座,然后将雨衣翻向耳边,斜着身子坐着,那双贼溜溜的眼睛不时地瞟向邦德。

布兰德今天看起来十分漂亮,她双手戴着手套,身穿一

条灰色的长裙。手里还拿着一件轻便的黑色雨衣。布兰德走到车的右侧，然后坐进了副驾驶，又把车门关上。

　　布兰德并没有和邦德搭话，因为他们早在午饭前就已经在邦德的房间里悄悄商量好了计划——七点半在伦敦见面，然后一起吃晚饭。布兰德将双手放在腿上，目视前方，面容平静。德拉克斯也上了汽车，然后发动引擎，汽车一下子蹿了出去，很快就消失不见了。

　　邦德也慢悠悠地钻进了自己的车里，开车出发了。

第十八章 恐怖的真相

布兰德再次闭上眼睛，决定继续装作昏迷的样子，尽量多拖延一段时间。她的脑子里有一堆疑问：他们打算在这儿杀掉她吗？这些机器到底是做什么用的呢？看着有些像无线装置或是雷达。

德拉克斯的奔驰飞快地在路上跑着,布兰德的思绪也渐渐飞到了别处。昨天晚上什么事情都没有,今天上午大家也只是在忙碌着导弹发射之前的清理工作。德拉克斯对于前一天的事情只字未提,也没有再做出什么反常的举动。

德拉克斯依旧一早把沃尔特博士请来,透过墙上那个小小的洞,布兰德看见德拉克斯再一次将数据记录在了那个黑色的笔记本上。

今天天气晴朗,空气有些闷热,德拉克斯坐在车里只穿了一件衬衫,布兰德稍稍垂下目光,那个黑的笔记本此时就在德拉克斯的裤袋里,正好露出了一角。

机会来了!也许是昨天晚上邦德的话激起了她的斗志,也许是早就厌倦了那个无聊的秘书身份,她觉得自己开始变得不一样了。现在,只要她能够翻开这个神秘的笔记本,就可以知道导弹的发射情况是否正常。现在就是她唯一的机会!

布兰德将自己的雨衣随意拿了起来,然后放在了她和德拉克斯之间的地方,同时布兰德调整了一下自己的坐姿,悄悄向德拉克斯那边挪动了一两英寸,并且自然地将手放到了雨衣下面。

做好这些准备工作之后,布兰德便耐心坐在自己的座位

第十八章
恐怖的真相

上，等待时机。

此时，他们正行驶在一条拥挤的道路上，现在是红灯，他们前面的车子早就挤得水泄不通了。依照德拉克斯的性格，只要绿灯一亮，他一定会急不可耐地超过前面的车，丝毫不给对方阻挡自己的机会。而布兰德等的就是这个时候。

绿灯亮了，果然不出所料，德拉克斯不停地按着喇叭，然后猛然加速，飞快地超过了前面的轿车。

在这种时候，布兰德的身体自然会被左右甩动。就在这时，布兰德抓住机会，在身体靠向德拉克斯的一瞬间把左手从雨衣下面伸了过去。整个动作一气呵成，没有露出任何破绽。此时德拉克斯的注意力全都集中在了前面的车流上，心里想着要怎样飞快地越过斑马线，又不会撞到路中央的妇女和孩子。

布兰德恢复成了之前的坐姿，握着本子的手悄悄放在雨衣下面。她思考着，要如何才能偷偷地看一下本子上的内容，这个本子对德拉克斯来说一定十分重要，所以不能在手里放太长时间。她只能找个理由拿下车去看。

她开始做出一副坐立不安的样子，显得有些局促。终于，布兰德清了清嗓子，开口说道：

"对不起，先生，我……"布兰德难为情地低声说道。

"怎么了？"

"我想去方便一下，可以把车停一下吗？前面有个旅馆，我马上就会回来的，实在是对不起……"

"你为什么不早点儿说？"德拉克斯看起来有些生气，

"好吧,那你快点儿去吧!"

虽然极其不情愿,但是德拉克斯还是将车速减慢,然后停到了那家旅馆门前。

"快点儿!"

布兰德快速下了车,一路小跑着穿过旅馆门前的那条碎石子路,紧紧地将那件雨衣护在胸前。

她飞快地跑进卫生间,将门反锁,然后打开了那个充满秘密的笔记本。

上面一排排记载着关于风速、大气压、温度的一些数据,在每一页的下方则记录着根据这些数据估算出的陀螺仪参数。

布兰德紧紧皱起了眉头,这些数据与她计算出来的数字有很大的出入——德拉克斯根本就没有采用她的数据。

接着,布兰德连忙将笔记本翻到了最后一页,上面是今天得出的数据。布兰德惊讶地睁大了眼睛,这上面所记录的数据竟然偏离了原有轨道90度!如果导弹按照这个角度发射出去,极有可能打到法国或者其他地方。为什么会错得这么离谱呢?难道德拉克斯没有发现吗?

布兰德又快速翻了一遍笔记本,发现上面每一天的数据都显示着导弹向右偏离90度发射。这些一定不是自己提供的数据,那么德拉克斯到底想要做什么呢?

布兰德的心中突然闪过一丝恐惧。她必须马上赶到伦敦,向上级报告这些数据,就算是别人全都认为她是疯子也无所谓。

第十八章 恐怖的真相

她强迫自己冷静下来，然后从手包里拿出了她的指甲刀，将其中一页尽量不留痕迹地切了下来，然后紧紧揉成一团，塞进了手套的指尖部位。

布兰德抬起头看了看镜中的自己，脸色十分苍白。她用力搓了搓自己的脸颊，才使脸色红润了一些。接着，布兰德摆出了一副充满歉意的样子，匆匆跑出门，紧紧把笔记本藏在雨衣下面。

车子再次发动了，德拉克斯十分不耐烦地看着布兰德回到车上。

"能快点儿吗？"说着，德拉克斯用力踩了一下油门，车子飞驰而出，朝着伦敦的方向奔去。

布兰德将身体向后靠了靠，再次装作不经意地将雨衣放到了她和德拉克斯中间。

现在，该怎么把本子放回德拉克斯的裤袋里去呢？

德拉克斯沿着大道疾速飞驰着，布兰德注视着车速表，指针一直指向七十英里左右。她努力回忆着当初受训时的课程，要在对方身上的其他部位造成压力，分散他的注意力，这样才能不使对方察觉到有人接触了自己的身体。

就像现在，德拉克斯正试图超越前面那辆六十英尺长的空军拖车，他把注意力全都放在了手里的方向盘上。

这绝对是个好机会，布兰德再次将手从雨衣下悄悄伸过去。

可是就在这时，有一只手突然像蛇一样迅速伸了过来，一把抓住了她的手。

"不许动！"

　　克雷布斯的身体努力向前伸着，紧紧摁着布兰德的手。她的手正紧紧地握着那个笔记本，怎么也动弹不得。

　　这时，德拉克斯已经超过了那辆拖车，前面畅通无阻。

　　克雷布斯立刻焦急地用德语说道："上尉，快停车，布兰德小姐是间谍！"

　　德拉克斯诧异地朝右边看了一眼，一下子明白过来。他连忙摸了一下自己的裤袋，之后慢慢把手重新放到了方向盘上。

　　德拉克斯用力转动着方向盘，开进了左侧的小路。

　　"把她看好了！"德拉克斯恶狠狠地说，然后他突然一下子踩下刹车，急急地停在了路边。

　　见到四下无人，德拉克斯伸出那只戴着手套的手，将布兰德的脸扳了过来。

　　"怎么回事？"

　　"爵士，请您听我解释！"虽然布兰德已经极力地在控制自己的情绪，可满脸惊恐和绝望的表情还是一览无余，"这只是个误会！我发誓！"布兰德耸了耸肩膀，然后慢慢将右手藏在身后，趁机把那只藏有秘密的手套塞进了座椅的皮垫下面。

　　"你要小心她，上尉！我刚才看到她在不怀好意地接近你。"

　　克雷布斯一把掀开了雨衣，布兰德的手正握着那个黑色的笔记本，离德拉克斯的裤袋只隔了一英尺远。

　　"原来如此！"

　　德拉克斯的语气异常冰冷，他放开了布兰德的下巴，然

第十八章 恐怖的真相

后脸上带着某种判决的意味,残忍地打量着布兰德。此时的德拉克斯就像是摘下了虚伪的面具,没有了平时快活的样子,一瞬间变成了冷酷的刽子手,让人毛骨悚然。

他死死盯着布兰德那双惊恐的蓝眼睛,然后用右手脱下了左手上长长的皮手套,狠狠地抽打着布兰德的脸。

布兰德疼得叫出声来,但是喉咙却马上被掐住了,声音一下子被按了回去。布兰德痛苦得泪流满面,开始拼命挣扎起来。

她全力挣扎着自己的身体,想要从对方的手中挣脱出来,她用没有被控制住的右手去戳克雷布斯的眼睛,可是克雷布斯轻而易举地就避开了,然后更加用力地掐着布兰德的脖子。他低声咒骂着,任凭布兰德做着无用的挣扎,一点儿一点儿失去反抗的力气。

德拉克斯仔细地看着这一幕,时不时地观察一下车外的情况。在克雷布斯制服了布兰德之后,他将车子重新启动,然后小心地开进了一条通往树林的小路,直到看不见外面的大路时才停了下来。

布兰德眼前发黑,只听见德拉克斯小声地说了一句:"这里。"接下来,掐着她脖子的手终于松开了,她连忙大口大口呼吸着空气。这时,突然有什么重物击中了她的头部。布兰德感到一阵剧痛,接着就向前一栽,昏了过去。

当布兰德再次醒来时,她发现自己正在一个昏暗的房间里,旁边堆满了各种器械。她被牢牢地绑在一把椅子上,她感到后脑勺儿疼得厉害,喉咙和双颊也肿了起来。

厚重的窗帘将窗户遮挡得密不透风，屋子里有一股霉味，房间应该很久没有人住过了，为数不多的几件老家具上面落满了灰尘。

这到底是哪里呢？布兰德紧紧闭着双眼，在脑子里仔细地回忆着刚刚发生的事情。几分钟之后，她稳定好自己的情绪，才再次睁开了眼睛。

德拉克斯正背对着她，仔细地观察着仪器上表盘的数据。在他的身边还有另外三台相似的机器，其中一台向上伸出了一根长长的天线，一直穿过了头上的天花板。

这时她的左边响起了一阵敲打声，布兰德悄悄望过去，看到克雷布斯正趴在地上，摆弄着一台小型汽油发动机，看来它出现了问题。克雷布斯不停地转动着把手，可是发动机只是微弱地发出一点儿响动，就又灭火了。克雷布斯只好继续"叮叮当当"地修起来。

"你这个笨蛋！"只听到德拉克斯用德语说道，"快点儿，我还要去部里和那帮愚蠢的家伙打交道呢！"

"很快就好了，上尉。"克雷布斯毕恭毕敬地说。接着，他又重新转动起把手，这一回发动机"嗡嗡"地运作起来，没有再熄火。

"这声音是不是太大了？"德拉克斯问道。

"放心吧，上尉。这栋房子的隔音非常好，我保证外面不会听到一点儿动静的。"

布兰德再次闭上眼睛，决定继续装作昏迷的样子，尽量多拖延一段时间。她的脑子里有一堆疑问：他们打算在这儿

第十八章
恐怖的真相

杀掉她吗？这些机器到底是做什么的呢？有些看着像无线装置或是雷达。

德拉克斯的德语什么时候说得这么好了？克雷布斯为什么叫他上尉？仅仅因为自己看到了黑色本子上的数据就要置她于死地，那些数据到底为什么不能让人知道呢？

布兰德的脑子渐渐冷静下来，努力思考着这些问题。

90度，90度。

这个数字反复在布兰德的心里翻腾着。如果说自己的数据一直都是正确的，那么目标从海上再向左偏上90度会是哪里呢？应该是在英国本土上。是的，就是这样。根据那个黑色本子上记录的数据，应该正好能够将"探月号"发射到伦敦中部去。

等等，伦敦？他们要将导弹发射到伦敦去！

天哪！布兰德的心一下子提到了嗓子眼，她简直不敢相信。

再仔细想想看，这里也有一台导航装置，和海上皮筏艇上的那台一模一样。这台装置会一直将导弹引到白金汉宫附近仅仅一百米的地方。

可是，那枚装满了仪器的弹头又是干什么用的呢？

突然，布兰德彻底明白了。那根本不是什么实验弹头，而是一枚真正的核弹头！一颗原子弹！

德拉克斯根本不是什么英国的大救星，而是英国的敌人！他想要在明天中午把整个伦敦摧毁！

布兰德的心脏怦怦直跳，她不敢去想象，明天当那枚尖尖的弹头刺穿头上的天花板，击中自己身下的这把椅子，然后钻进地面。接下来，只见火光一闪，街上的行人、白金汉宫、树林里欢快的小鸟……这里一切的一切都将被火光吞噬，一瞬间化为乌有。

不！不！

布兰德在脑海中拼命地喊着，她的身体一下子瘫软下来，再次昏了过去。

第十九章 黑夜追踪

"007,"过了好一会儿,M终于开口说话了,"我觉得这里面一定有什么问题,而且是十分严重的问题。我的直觉告诉我,危险正在一步步逼近。"

现在是晚上七点四十五分。邦德坐在他最喜爱的一家餐厅里,他早早就订好了一张双人桌。服务员已经端上第二杯伏特加了,邦德望着窗外熙熙攘攘的人群,小口小口地喝着酒。

布兰德怎么还没来呢?按照她的性格,如果有什么事情一定会提前给他打电话的。今天下午五点钟邦德去见了瓦兰斯,向他简单地汇报了一下基地的安保情况。可是瓦兰斯看起来心不在焉,他急着要见布兰德,因为今天突然出现了一些奇怪的状况。

就在今天下午,股市上突然刮起了一阵抛售英国货币的风潮。不知是什么原因,在国际货币市场中英镑已经贬值3分了,而且它的汇率还有继续下降的趋势。

瓦兰斯通过财政部了解到,这次抛售英镑的风潮最初是由雨果·德拉克斯的金属股份有限公司挑起的。听说这家公司现在已经停业了,直接把两千万英镑全部抛出,这对市场的冲击非常大。为了防止英镑继续下跌,英国银行已经插手了。

财政部想要弄清楚,到底是德拉克斯自己,还是他们公司的其他股东想要将货币抛售出去。瓦兰斯认为,一定是"探月号"的发射出了什么问题,而德拉克斯早就知道了,

第十九章
黑夜追踪

所以才会趁此机会捞点儿便宜。但是军需部的人对他的看法并不认可，他们一点儿也不认为导弹的发射会失败，并且他们也不认为这和股市有什么关系。所以"探月号"还是会在明天中午准时发射。

瓦兰斯也不是不认可这种看法，可他还是十分担忧，因为他一点儿也不喜欢神神秘秘的东西。瓦兰斯将自己的担心告诉了邦德，邦德与他又继续谈了将近一个小时后，便动身离开了。M正在总部等着见他。

M对于邦德汇报的一切信息都十分感兴趣，包括那些人的光头和胡子。他十分详细地询问着每一个细节，之后便默不作声地坐在那里沉思起来。

"007，"过了好一会儿，M终于开口说话了，"我觉得这里面一定有什么问题，而且是十分严重的问题。我的直觉告诉我，危险正在一步步逼近。"

M抬头瞧了一眼邦德，眼神中难得有了一丝紧张："这件事情就拜托你和那位姑娘了，她很优秀，你很幸运有这样一个搭档。有什么需要我帮忙的吗？"

"不，没什么需要，谢谢你，先生。"说完后，邦德便走了出去。穿过他十分熟悉的走廊，回到了自己的办公室。他亲吻了一下秘书的手背，然后与她道了晚安。这可把秘书丽尔吓坏了。要知道，邦德只有在圣诞节、她的生日，或者是要去执行十分危险的任务时才会这么做。

邦德将思绪收回，把杯中的伏特加一饮而尽。他看了看时间，已经晚上八点钟了。

突然，邦德产生了一丝不好的预感。他连忙走到了电话间。

伦敦警察厅的接线员告诉邦德，瓦兰斯正在到处找他，他让接线员一定要转告邦德，不要挂电话，要等他来接。

邦德焦急地等待着，心里感到十分恐慌。

"是你吗？邦德，你见到布兰德小姐了吗？"电话那头传来了瓦兰斯的尖叫声。

"没有，"邦德的后背一阵阵发凉，"那她去见过您吗？"

"她没来。我早就派人到她在伦敦经常住的地方去寻找过了，她的朋友都说没有见到她。如果她在下午两点半就已经坐上德拉克斯的车出发的话，那四点半怎么也该到伦敦了。在来的路上没有发生过任何车祸，别的地方也没有一点儿消息。"

"邦德，你听好了，"瓦兰斯听上去焦急万分，"布兰德是一个好姑娘，我求你一定要帮我这个忙，千万别让她出任何意外好吗？我没办法大张旗鼓地找她，如果不小心被登上了报纸，一定会影响'探月号'的发射的。"

"您别着急，"邦德说，"我一定会把事情处理好的。哦，对了，德拉克斯那边有什么动静吗？"

"刚刚市警察厅送来了一份报告，说德拉克斯在晚上七点到达军需部，八点钟离开，并且还留下了话，说他可能去长剑俱乐部吃饭，之后会在晚上十一点返回基地，"瓦兰斯稍稍停顿了一下，"也就是说，德拉克斯将会在晚上九点离开伦敦。他还说布兰德小姐在来的路上身体不太舒服，所以她在下午四点四十五分时下了车，说要到她的朋友家休息。

第十九章
黑夜追踪

但是地址他也不知道。"

"我知道了,"邦德的大脑飞速运转着,"这份报告对我们来说并没有什么用处,我要马上行动了。对了,德拉克斯在伦敦有什么住处吗?"

"他一般都住在酒店里,"瓦兰斯说,"不过我们知道他在伊伯里街还有一处房产。曾经派人去调查的时候,发现里面并没有人,那座房子总是锁着门,也不见有什么人进去过。那座房子就在白金汉宫后面。还有什么问题吗?"

"暂时没有了,如果我遇到困难会给你打电话的。我会尽力去办好,如果没有我的消息也不要为我担心,我们还会再见的。"

"好的,再见!"瓦兰斯长长松了一口气,"谢谢你,邦德。祝你好运!"

邦德挂断了电话,之后想了想又重新拿起听筒,拨通了长剑俱乐部的电话。

"这里是军需部,"邦德说,"请问德拉克斯爵士在俱乐部吗?"

"是的先生,爵士在这里,他正在餐厅里用餐。需要我帮您叫他吗?"对方客气地回答。

"哦,不用了。非常感谢您,我只是想确定一下他是否已经离开了。"

邦德胡乱吃了点儿东西,在八点四十五分的时候他离开了餐馆。

他的车就在餐馆门口停着,邦德立刻出发,赶往长剑俱乐部。他把自己的车隐蔽地停在一排出租车中间，然后拿出一张报纸挡住面孔，只露出一双眼睛，在看到德拉克斯那辆奔驰还好好地停在公园街时，邦德总算松了一口气。

没过多久，德拉克斯的身影便出现在俱乐部门口，高大的身体大摇大摆地走到车前。德拉克斯今天穿了一件又宽又厚的外套，他的衣领高高地竖着，挡住了两只耳朵，帽子的帽檐压得非常低。他进到车里，然后重重关上车门，快速启动了车子。拐上车道之后，一个掉头便朝圣詹姆士宫疾驰而去。

这个人的动作可真快！邦德在心中想着。他不敢耽搁，踩下油门紧紧在后面跟着。

现在，德拉克斯把车开到了白金汉宫附近。邦德猜测着，德拉克斯会不会去自己在白金汉宫后面的那座房子呢？他打算赌一把，于是，邦德加速把车开到了街角转弯处，将车停了下来，之后迅速拉开车门，朝德拉克斯的房子悄悄走过去。

邦德小心翼翼地在暗处观察着，这时，他听到德拉克斯按了两下喇叭。紧接着，便看到克雷布斯扶着一个被裹得严严实实的女孩过了马路，钻进德拉克斯的车里，然后他们马上就离开了。

邦德快速跑回自己的车上，紧踩油门跟了上去。

幸亏那辆奔驰车是白色的，这为邦德的追踪提供了很大的方便。邦德紧紧地咬着牙，将所有的精力全都放在了驾驶上。他既不能开前灯，又不能按喇叭，防止被德拉克斯他们发现。所以，邦德只能依靠自己熟练的驾车技术，不断地转

第十九篇 黑夜追踪

动着方向盘，努力跟上前车。

可让人恼火的是，一路上德拉克斯都是绿灯，可是到了邦德这儿，却总是被红灯阻拦。邦德内心焦急万分，却又无可奈何。

现在来到了一段较为安全的路段，白色奔驰的身影在草木中忽隐忽现。德拉克斯一下子将车速加到每小时八十英里，眼看着离邦德越来越远。

终于，红灯总算赶在德拉克斯通过之前亮了。邦德小心地一点点赶上，五十码，四十码，三十码，二十码。绿灯再次亮起，德拉克斯又出发了。不过好在刚刚邦德在靠近他们的时候，看到克雷布斯正坐在副驾驶的位置，车上并没有看到布兰德的身影。但是在后排车座上有团卷起的毛毯。

邦德现在可以完全肯定了，布兰德绝对不是生病了。否则，谁会把一个生病的姑娘就那么扔在后座上，用毛毯卷起来，任凭她像一堆土豆一样在飞驰的车里滚来滚去。

那么，布兰德就一定是被他们控制住了。这是为什么？难道她发现了什么秘密吗？到底出了什么事？

邦德的脑子里充满了疑问，心里就像一团乱麻。同时，他也不断地在自责。啊，我真是个笨蛋！早在俱乐部里见到德拉克斯这个奇怪的人物时，就应该提高警惕。在发现航海图上的标记时，就应该立即采取行动！可是，自己当时又能做什么呢？他发现的每一条线索都连接不上，除了把德拉克斯干掉，他什么也做不了！

现在他该怎么办呢？应该把车停下来去找电话向伦敦警察

局报告这件事情吗?可是这样他就追不上德拉克斯的车了。显然,布兰德现在就在车上,他们很有可能在路上就把布兰德灭口。自己只有赶上那辆车才有可能阻止悲剧的发生。

不,他不能眼睁睁地看着他们逃走。他答应过M,也答应过瓦兰斯,一定会尽力而为的!至少,他可以用枪将那辆车的轮胎打爆,然后再向他们道歉。

总之,一定不能将他们放掉!邦德默默在心里下定了决心。

他将车子稍稍放慢了速度,然后打开前照灯,之后从车上的暗格里取出了一副漂亮的护目镜,戴在眼前。

之后,邦德的身子前倾,伸出左手把挡风玻璃的螺丝拧了下来。把玻璃轻轻放平在发动机盖上。

做完这一切后,邦德一下子将汽车加速到每小时九十英里。耳边传来呼啸的风声,增压器也在不停地尖叫着。

那辆白色奔驰就在前方一英里的地方,翻过鲁特姆山的山顶,在月光的照射下,渐渐消失在广阔的旷野中。

第二十章 阴险诡计

然而,最让布兰德感到痛苦的不是身体上的伤痛,而是克雷布斯那张恐怖的嘴脸和德拉克斯那个丧心病狂的计划。

此时虚弱的布兰德身体正承受着三种不同的痛苦：后脑勺儿上的刺痛，手腕被紧勒的伤痛，还有脚踝四周的擦伤。一旦路上出现颠簸或者转弯的地方，身上的疼痛就更加剧烈。布兰德蜷缩着身体，不让自己已经被打肿的脸再撞到坚硬的车壁上。

然而，最让布兰德感到痛苦的不是身体上的伤痛，而是克雷布斯那张恐怖的嘴脸和德拉克斯那个丧心病狂的计划。

今天下午，在德拉克斯离开那个屋子之后，布兰德仍然装作昏迷的样子。一开始，克雷布斯还能够将注意力完全放在他正摆弄的那台机器上。他用一口流利的德语对那些机器说："亲爱的，我来给你加一滴油，快点儿转起来呀！一定要转一千次，可不是九百次啊！对，就是这样，很好！"

可是过了一会儿之后，克雷布斯就把注意力转移到了假装昏睡的布兰德身上。布兰德能够感受到一道阴森森的目光不断打量着自己。

"怎么，还要装睡多久？你以为我不知道吗？"克雷布斯尖锐的声音传进布兰德的耳朵。

布兰德没有办法，只好睁开了眼睛。

"呵呵，你总算醒了！"克雷布斯瞥了布兰德一眼。

第二十章
阴险诡计

"为什么要把我带到这儿来？这些机器到底是做什么的？"布兰德愤怒地质问道。

"先让我来问问你，"克雷布斯拖过来一把椅子，在布兰德眼前坐下，"到底是谁派你来的？"

布兰德没有作声，克雷布斯那张苍白恐怖的脸不断在眼前放大，令她感到一阵阵恶心与绝望。

"说！谁是你的头儿？否则别怪我对你不客气！"见布兰德迟迟没有说话，克雷布斯恶狠狠地威胁道。

"我是为德拉克斯爵士服务的，除了他我还能听谁的？我只不过是对那份发射计划特别感兴趣……"布兰德不停地解释着，表示自己和他们一样渴望看到导弹发射成功。

"哦，是吗？那你最好再仔细想一想，相信你待会儿会有更好的答案。"

克雷布斯那双危险的眼睛里突然闪过一丝残酷，他伸出自己干瘦苍白的手，向布兰德伸过去……

布兰德躺在剧烈颠簸的后车座上，紧紧地咬着牙小声啜泣着。她清楚地记得克雷布斯那只冰凉的手死死掐着自己的脖子，另一只手一下又一下抽着自己的脸。眼看着布兰德快要不能呼吸的时候，克雷布斯一下子将掐住她脖子的那只手松开。布兰德连咳带喘地呼吸着，可还没等她喘上两口气，那只手又再次掐了过来。

如此反复了多次，布兰德每一次都徘徊在生死边缘，饱受折磨，最后她终于承受不住，昏死了过去。

接下来她便发现自己被塞进了车里，手脚都被绑着，身上

还盖了一层厚厚的毛毯。

此时他们正行驶在伦敦街道上,布兰德能够清楚地听见周围的汽车声。她的英国同胞们就在她的身边,布兰德想要起身呼救,她不停地扭动着身体,可是这一切却都被克雷布斯看在眼里。他用力按住了布兰德的双腿,然后用一根皮带捆住,绑到了车内的横档上。

大约过了半个小时,布兰德感觉到车速正在不断减慢,周围的汽车声也没有那么多了。她暗暗判断着自己所处的位置。突然,他听到克雷布斯对德拉克斯说:"上尉,我发现有一辆车已经跟在我们身后很长时间了,现在距离大约只有一百米远。我想那一定是邦德的车子。"

德拉克斯惊讶地嘀咕了一声,迅速回头看了一眼。

他低声咒骂着,布兰德感到车子突然开始急速转弯,应该是在不停地变道。

"好,就这么干!"德拉克斯嚷嚷着,"他那辆破车竟然还能开得动?不过没关系,他看起来只有一个人,这下子有好戏看了!"

德拉克斯狂妄地笑着:"我们就来和他比试一场,如果他有幸能活下来,我们就把他和后面那个女人一起扔进麻袋里!"

邦德,你一定要小心啊!布兰德默默在心里祈祷着,一切就靠你自己了!

由于没有挡风玻璃,邦德的脸上满是尘土和不小心撞上来的飞虫。他只好抽出空来用手清理一下自己的脸。不过,邦德

第二十章
阴险诡计

的车开得又快又稳,他有十足的信心能够追上前面的车。

邦德的车子时速已经达到了九十五英里,路旁的树木在飞快地倒退着。突然,在他的身后闪过了两道强烈的光线,同时还传来了"嘀嘀"的喇叭声。

什么?这条路上还会有第三辆车出现?自从离开伦敦之后,邦德就再也没看过后视镜。以他们这样的速度,除非是刻意地跟踪或是赛车手,否则根本不可能有人追得上他们。

邦德心里一下子有些混乱,他本能地将车向左拐了一些,不断注意着赶上来的那辆红色跑车。那辆车很快追了上来,在和邦德并驾齐驱了一段时间之后,就飞快地超了过去。并且时速竟然又加快了十英里。

邦德快速瞄了一眼那辆车子,是一辆阿尔法二代赛车。

车上只坐了一个身穿衬衫的年轻人,他在与邦德擦肩而过时快乐地朝邦德挥了挥手,咧开嘴笑着,眼神里充满了自豪。

原来是一名赛车手。邦德钦佩地笑了笑。那辆车出厂的年份应该和自己这辆差不多,一定也是用旧车改装而成的高速车。

邦德望着年轻人渐渐远去的身影,心中想象着他在追上德拉克斯时脸上那兴奋的表情。他一定会想:看哪,这是辆梅赛德斯奔驰呢!我竟然追上了它!然后德拉克斯一定会愤怒地把车速加到一百英里,绝对不会让他超过去。

眼看着两辆车的尾灯越靠越近,那个小伙子打算故技重施,突然开启了前照灯,打算找机会超车。

大约在两车相隔四百米的地方,后车的前照灯射在了洁白

的梅赛德斯车身上,十分耀眼。邦德几乎能够想象到小伙子的脚正在猛踏油门,真是好样的!

克雷布斯把头凑到德拉克斯的耳边:"又来了一个,看不清他的长相,他正准备超我们的车。"

"该死!"德拉克斯愤怒地咒骂了一句,"我一定要教训一下这个蠢货!"

说完,德拉克斯的手稳稳地握住方向盘,然后用眼角余光瞟着正在不停按喇叭的红色赛车,它正打算从车子的右侧超过去。

这时,德拉克斯将手里的方向盘稍稍向右一打,紧接着就听见一阵可怕的金属撞击声。之后德拉克斯又将车尾摆正。

"干得漂亮,真是好极了!"克雷布斯高声欢呼着,然后一脸兴奋地张望着身后那辆可怜的赛车,"那辆车被撞得翻了两圈,然后直接翻下了护栏。它一定已经烧起来了,我看到它冒烟了!"

"那就让它给我们亲爱的邦德先生做个榜样吧!"德拉克斯残酷地低声吼道。

然而,邦德的脸绷得紧紧的。他的车速丝毫没有受到影响,心中的恨意更浓了。

他亲眼看到了惨剧发生的全部过程,那辆红色的小车猛地向前面翻了两圈,之后那个年轻人一下子被甩了出去,嘴里痛苦地哀号着,最后那辆车翻下了路旁的栏杆,一头栽进田里,"轰"的一声着了起来。

邦德没有丝毫恐惧,反而全神贯注地盯着德拉克斯的车

第二十章 阴险诡计

子。至少现在德拉克斯的举动已经明显暴露了他的意图,他就是一个十足的杀人魔头,是一个危险的罪犯。"探月号"一定是一个十分危险的东西。

邦德伸出手,在车内的隔层里拿出了那把加长型军用手枪,放到了身旁的座位上。既然已经开战了,那么他就要想方设法地让德拉克斯的车停下来。

德拉克斯在前面的岔道口左拐,开始向坡上爬去。在他的前面,一辆博沃特公司的大货车出现在了车灯的光照下,它正在费力地转着弯。车上装了十四吨报纸,正向东部的一家报社赶去。

这辆长长的载重车挡住了德拉克斯的去路,他不禁又粗声粗气地嘟囔起来。前面的大货车上装着整整二十捆厚纸卷,正费力地往山上爬去。

德拉克斯在后视镜里看了看邦德的情况,他此时正行驶在身后的岔道口。

德拉克斯转了转眼睛,突然想到了一个恶毒的计划。

"克雷布斯,把刀拿出来!"德拉克斯命令道。

后者不敢耽误,迅速将一把军用匕首拿在手中。

"一会儿我在靠近那辆大货车时会慢慢减速,然后你爬到引擎盖上。等到我挨上那辆车时,你就迅速跳过去,把绑着报纸卷的绳子割断。之后我会与货车保持平行,到时候你再跳回来。千万注意你下来的时候不要将整个纸卷带下来,明白了吗?"

说完后,德拉克斯关掉了前照灯,然后把车速降到了时速

八十英里,货车就在前方不到二十米的地方。德拉克斯紧紧踩着刹车,防止与前车追尾。这时,德拉克斯再次降低车速,然后大声喊道:"就是现在,去吧,克雷布斯!"

克雷布斯听到命令后颤颤巍巍地爬到车头上,然后猛地向前一跳,顺利地上了货车。之后他便开始迅速地割着左侧的绳子。

德拉克斯微微加速,把车子开到了货车右侧,然后与它几乎保持平行。

邦德的车灯在后面不远处闪烁着。

货车左侧的那排纸卷很快就"砰砰"掉落在路面上,不断地向后滚着。紧接着右侧的纸卷也开始纷纷滚落,散开的纸卷在地上撕裂,发出刺耳的声响。

克雷布斯找准时机跳回德拉克斯的车上,钻进车门之后,德拉克斯一脚踩下油门,飞快地冲上了山坡,和大货车擦身而过,耳边不断传来货车司机的叫骂声。

德拉克斯开到第二个弯道时,向后看了一眼。只见两束灯光晃动着照向天空,然后又越过树顶,最后剧烈地摇晃了几下,就消失在夜空中了。

德拉克斯狂妄地哈哈大笑起来,得意扬扬地望向夜空中的繁星,车速也渐渐放慢了。

第二十一章 严刑逼供

"探月号"仍然美好地在月光下闪闪发光,显得格外无辜。可是在邦德看来,这颗导弹就像是一支尖锐的注射器,它正要深深刺向英国的心脏。

德拉克斯的狂笑声刚刚止住,就听见克雷布斯咯咯地奸笑起来:"刚刚那一击真是太妙了,上尉!真可惜没有看到他粉身碎骨的样子。可怜的邦德才刚要拐弯,就迎面而下那么多纸卷,不知道他会不会喜欢我们送给他的这份大礼!这回他死定了!"

"嗯,做得不错。"德拉克斯随口敷衍着,心里还在琢磨着其他事情。

突然,德拉克斯猛地把车停了下来。

"该死的!"他骂骂咧咧地说,"我们不能直接走掉,万一那小子没死就麻烦了。我们得回去把他弄走。拿上枪!"德拉克斯对克雷布斯命令道。

他们返回山顶时再一次碰到了那辆大货车,不过司机却不在里面。可能是去打电话了吧,德拉克斯思考着。

他放慢了车速,转过第一个弯道,一群人正围在一大堆纸卷周围。邦德的宾利车几乎把路旁的栏杆撞断了,栏杆下面是一片陡峭的山坡。车子的车头倒挂着,一只车轮悬在被撞断的后轴上。

德拉克斯和克雷布斯一起走出车门,静静地站在路旁听着动静。他们悄悄拿出手枪,小心翼翼地靠近那辆宾利残骸。空气中弥漫着一股烧焦的味道,脚下的草地上满是碎玻璃。已经坠毁的

严刑逼供

汽车还在散发着余温，咝咝作响。

然后，他们看到了邦德。此时的他脸朝下趴在地上，躺在距离汽车约二十英尺远的地方。

克雷布斯上前将邦德的身体翻过来，那张脸早已血肉模糊，不过他还有呼吸。他们仔细地搜遍了邦德的全身，找到了一把手枪。德拉克斯马上把手枪放进了口袋里，然后两个人合力把邦德慢慢拖过马路，费力地将他抬到梅赛德斯的后座上，邦德的身子一大半都压在了布兰德身上。

当布兰德认出压在她身上的人是谁之后，惊恐地叫出声来。

"闭嘴！"德拉克斯愤怒地大吼着。他掉转车头，克雷布斯俯过身子，用一根长长的绳子将邦德绑了个结结实实。

"绑牢点儿！"德拉克斯说，"可别出什么乱子。哦，对了，回到车外面去把车牌弄下来。快点儿去！"

克雷布斯用毛毯把两个人的身体盖住，然后跳出车外。没一会儿他就将车牌取了回来。

他们的车刚走，就看见一群拿着火把的人焦躁不安地朝着事发地走去，照亮了事发现场。

德拉克斯想象着那群英国佬接下来收拾烂摊子的模样，不由得暗自发笑。他舒舒服服地靠在车座上，一边打开收音机开始收听音乐，一边欣赏着路旁迷人的景色。

梅赛德斯那两盏豪华的车灯，将路旁美丽的野花和寂静的森林映照得闪闪发光。德拉克斯此时的心情格外激动，他用尽前半生的精力所盼望的那一天终于要来到了，他已经等得太久了。很快，他就能够被一群人围在中间拥戴，荣誉、金钱、地

位、鲜花和掌声,这一切从德拉克斯的脑海中不断闪过,他感到格外愉悦。

邦德的血滴在布兰德身上,他的脸紧紧挨着座椅。布兰德轻轻挪了一下身子,尽量给邦德腾出更大的空间,好让他舒服一些。邦德的呼吸时快时慢,断断续续。布兰德十分担心他的伤势,想快些让邦德醒来。

"邦德,"她在邦德的耳边轻轻呼唤着,之后又稍微加大了音量,"詹姆斯。"

邦德紧紧皱着眉头,小声地呻吟起来。

布兰德见到邦德有了反应,便开始用肩膀推他的身体。

"醒醒,邦德,是我,布兰德。"她感觉到他的身体明显动了一下,接着,邦德终于睁开了眼睛。

"我的天,简直糟透了!"邦德嘶哑地嘟哝着。

"你怎么样,有没有摔断哪里?"

邦德试着伸了伸手脚:"应该没什么事,只是刚刚被撞了一下头。我没说什么胡话吧?"

"邦德,别开玩笑了,你现在听我说。"

于是,布兰德连忙把她发现的一切问题,用只有他们俩才能听到的声音告诉了邦德,她先从那个黑色的笔记本开始讲起。

邦德默默地听着布兰德讲着这个令人难以置信的故事,他的身体绷得紧紧的,呼吸似乎有那么一瞬间都停滞了。

此时,车子已经开到了坎特伯雷。邦德凑近了布兰德的耳朵。

"我得想办法从车后头翻下去,"他悄悄地说,"只有找到

第二十一章
严刑逼供

电话我们才能得救。"

说着,他开始向上用力,试图在后座上跪起来,几乎将整个人的重量都压在布兰德身上。

忽然,邦德的身上猛地受到一击,一下子跌落回去。

"再动一下试试!"克雷布斯那讨厌的声音从前座飘了过来。

邦德在刚刚那记重击下再次昏了过去,布兰德焦急地呼唤着他。可是,邦德才刚刚被她弄醒,德拉克斯他们就已经回到了基地。

车子在发射厅前面停了下来,克雷布斯拿着枪,把他们两人赶下车,然后动作麻利地解开了绑在他们身上的绳索。把他们推进了发射厅。

"探月号"仍然美好地在月光下闪闪发光,显得格外无辜。可是在邦德看来,这颗导弹就像是一支尖锐的注射器,它正要深深刺向英国的心脏。

邦德停下了脚步,眉头紧锁,望着"探月号"那枚银灿灿的弹头。明天,将会有一百万人在一瞬间死去,一百万,一百万啊!

难道他就只能眼睁睁地看着这场惨剧发生吗?愿上帝保佑!希望自己还可以阻止这一切!

克雷布斯用枪头狠狠戳了戳停住的邦德,逼着两个人继续向前走。

当邦德走进德拉克斯的办公室时,他突然不那么绝望了,他的脑子开始恢复清醒与理智,这一刻,好像身上所有的伤痛与疲

悫全都离开了邦德的身体。

一定要做些什么！无论怎样，他不能袖手旁观，一定会有办法的！邦德的精神高度集中，两只眼睛炯炯有神，心里充满了斗志。

德拉克斯慢悠悠地走进办公室，在桌前坐下。手里把玩着一支手枪，眼睛时不时掠过布兰德和邦德。

身后的两道房门"嘭嘭"地关了起来。

"我可是布兰登堡师里最出名的枪手，"德拉克斯骄傲地说，"把他绑上，克雷布斯，还有她也一样。"

布兰德绝望地看着邦德。

"你是不会开枪的，"邦德说，"那样就有可能引爆燃料。"接着，他向前走了几步。

"呵呵！"德拉克斯笑了起来，用枪指着邦德的腹部，"我早就告诉过你，这间屋子和外面隔着两道门，根本不会有什么影响。你要是再向前走一步，我就打烂你的肚子！"

邦德望着那双自信的眯缝着的眼睛，停下了自己的脚步。

"克雷布斯，上去绑住他！"

两个人被牢牢地绑在了钢管椅上。克雷布斯出去了一下，然后取回一把机修喷灯。

他把那把可怕的机器放到桌上，然后注入空气，用一根火柴点着了它，喷嘴立刻喷出了一道蓝色火焰，发出"嗞嗞"的声响。

他拿着喷灯，然后一步步走到布兰德面前。

"好了，"德拉克斯阴沉着一张脸，"现在，好好回答我的

第二十一章
严刑逼供

问题!"

"你,"他看向布兰德,"是为谁工作的?"

布兰德沉默着。

"克雷布斯,布兰德小姐好像需要一些鼓励。"

克雷布斯听到德拉克斯的话,立刻向前挪了一步,眼神中充满了兴奋。蓝色的火苗贪婪地从喷灯里呼出。

"住手!我来回答,我们两个人都是为伦敦警察厅工作的。"邦德冷冷地回答,"告诉你们也无妨,反正明天一过,警察厅也不复存在了。"

"这还差不多,"德拉克斯说,"那我再问你,在你们来的路上,有没有人知道你们被抓了?"

"没有,要是他们知道的话,早就把这里包围了。"

"这倒也是,"德拉克斯思索着,"如果真的是这样,我就对你们没有什么兴趣了。很高兴与你们进行这次谈话,克雷布斯,把喷灯放下,你可以出去了。通知兄弟们继续做自己的事,然后再把车子清理一下,尤其是车后座。如果有必要的话,把车毁了也可以,反正我们再也用不着它了。"

"哈哈哈!"德拉克斯放声大笑起来。

"是,上尉。"克雷布斯把喷灯缓缓放到了德拉克斯旁边的桌子上,然后狠狠地瞪了一眼邦德他们,之后便恭敬地走了出去。

德拉克斯把枪放到了桌上,然后打开抽屉,拿出一支雪茄,又从兜里掏出打火机把烟点燃,舒服地靠在椅背上慢慢抽着烟。

过了好几分钟,他好像打定了什么主意一样,表情变得和善起来。

德拉克斯望着邦德。

"你一定不知道,我有多么渴望将我的故事讲给你们这帮英国人听。"他说话的样子就好像在开新闻发布会一样。

"事实上,记载着我所有行动的文件正放在爱丁堡的律师事务所里,那里非常安全。"德拉克斯对邦德笑了笑,"那些律师们只有在导弹第一次发射成功之后才能够打开信封。不过,现在你们两位真是幸运!可以提前知道信里的内容。"

德拉克斯朝着右边摆了摆手:"等到明天中午,你们将会看到这两扇门被打开,紧接着门后的涡轮里会冒出第一股蒸气,你们会在短短半秒内被活活烧死。"德拉克斯的脸上露出了十分狰狞的表情。

"别废话了,你是德国人!快讲你的故事吧!"邦德粗声说道。

德拉克斯的眼睛突然一亮:"你说得没错,我确实是一个德国人,"他抖了抖脸上的红胡子,"很快你们这些英国人就会承认,他们就这样被一个单枪匹马的德国人给打败了!"

德拉克斯的眼神越过桌面停留在邦德的脸上,丑陋的大龅牙用力地咬着自己的手指,好一阵子才把手从嘴边拿开,塞进了裤袋。他重新抽出一支雪茄来,默默地抽了一会儿烟,这才开始带着激动的情绪讲起了他的故事。

第二十二章 恶贯满盈

邦德慢慢抬起脑袋，满是鲜血的嘴唇痛苦地张了张，费力地向布兰德挤出了一丝笑容："我只能激怒他，这样他才没有思考的时间。"

布兰德一脸疑惑地看着邦德。

"我的真名叫德拉赫,母亲是英国人,所以我十二岁之前一直在英国上学。可是后来我实在受不了这个肮脏龌龊的国家了,于是就到柏林完成了我的学业。"

"到了二十岁那年,我找到了一份不错的工作,"德拉克斯眼睛发着光,沉浸在自己的回忆里,"是莱茵钢铁公司的一家子公司。你一定没有听说过这家公司。但是,如果你曾经上过战场,肯定知道88口径炮弹的厉害。告诉你,这种炮弹就是由我们公司制造的。所以我在工作中学到了很多有关这方面和航天工业的知识,也就是在那个时候,我第一次听说了铌矿砂。当时这种金属的价格可以和钻石媲美。

"之后我便入了党,接着战争就爆发了。那段时光过得真美妙,我顺利地当上了一零四装甲团的中尉,那时候我二十八岁。我带的兵一直很能干,从英国横扫到法国。多么让人兴奋的回忆啊!"

德拉克斯大口吸着雪茄,出神地看着眼前的烟雾。邦德猜他大概是在回味当时那些残暴的罪行。

德拉克斯向地上弹了几下烟灰,骄傲地扬起了头:"那些美好的日子啊!后来,我被选进了布兰登堡师,不得不离开法国,回到德国,为进攻英国接受训练,这要求我必须精通英

语。再后来,我又被调到了党卫队情报局,负责搞恐怖袭击和破坏活动。在这期间我可没少教训你们这帮英国人!"

"可是,"德拉克斯情绪突然变得激动起来,他一拳砸在了桌子上,"那帮可恶的法国将军竟然背叛了德国,直接允许英美联军登陆法国!"

"真不幸。"邦德冷冷地嘲讽道。

"确实很不幸,可是这对我而言却是人生的一个大逆转。"德拉克斯没有计较邦德言语中的嘲讽,继续讲着他的故事。

"我们情报局的所有工作人员都被编成了一个个小分队,深入敌军后方去进行破坏活动。而我带领着我们小分队参加了阿登突围战,取得了巨大的胜利!在部队撤退时我留了下来,悄悄潜伏到了盟军附近,克雷布斯就是我在那时候认识的。"

"我们在树林里待了六个月,在这期间一直都在用无线电向祖国汇报情况。从来没被敌军发现过。然而有一天,意外发生了,"德拉克斯无奈地摇了摇头,"在距离我们隐匿不到一英里的地方,有一个农户,里面设立着英美联军的后方指挥部。他们纪律涣散,而且没有任何保护措施。我们在观察了一段时间后,决定把它炸毁。

"于是,我们在傍晚的时候悄悄派了两个人,一个身穿英军制服,一个身穿美军制服,开着缴获的敌军装甲车,来到了距离对方食堂不远的地方。车上装着满满两吨炸药,他们把定时器调到晚上七点,然后悄悄从车上撤离。

"由于任务比较简单,所以我就让副指挥官去做这件事了。至于我,则穿上你们英军的制服在一条小路上静静地埋伏着，准备袭击每天经过那里的巡逻兵。果然，没过一会儿，那个小兵就出现了，我对他的后背开了一枪，然后拿走了他身上的文件。

"但是，就在我回去的路上，你猜发生了什么事？我们自己的飞机竟然在返程的途中向我开炮了！一下子把我炸出了公路，之后我就失去了意识。不知道过了多久，我终于从沟里醒过来，稍稍恢复了一些意识之后，我连忙把缴获的信件藏了起来。做完这一切，我再次昏了过去。

"当我第二次醒过来时，发现自己正躺在一辆英军的汽车上，被送往那个该死的后方指挥部。我整个人都糟透了，被炸得满身是伤，没有一块好地方。腿也摔断了，还被烧掉了半张脸。"

德拉克斯伸出手轻轻抚摸着自己左脸太阳穴附近那块发亮的皮肤。

"从那之后，我就变成了一个演员。因为他们根本就不知道我到底是谁，在他们眼里，我就是一个穿着英军的长衣长裤、死里逃生的英国佬。"

德拉克斯说到这里停了下来，重新点燃一支雪茄，默默吸着。房间里寂静无声。

邦德回头看了一眼布兰德，朝她笑了笑，希望能够给她一些鼓励。

德拉克斯长长地吐出烟雾，身子向后靠了靠，继续说道："之后就没有什么可说的了。我在从一家医院转到另一家医院的过程中制订了一个详细的计划，那就是如何对英国进行复

第二十一章
恶贯满盈

仇，我要让英国为它对我的祖国犯下的罪行付出代价！

"这个计划让我越来越不能自拔。你们每对我的祖国蹂躏一分，我对你们的憎恨就加深一分！"

德拉克斯的脸色突然变得难看起来："我恨你们！你们这群笨蛋，傻子！就知道向美国人献媚，你们这群势利鬼！"不过，他又得意起来，"我知道，要想完成这个计划，最需要的就是钱。而绅士，恰恰就是我可以利用的人。在长剑俱乐部的那几个月，我已经从他们手上弄到了上万英镑。可是你却突然跑来破坏了我的计划！"

德拉克斯眯起了眼睛："你到底在我的烟盒上动了什么手脚？"

"只是靠观察而已。"邦德耸了耸肩。

"是吗？我那天晚上确实粗心大意了一些。啊，刚刚说到哪儿来着？医院，对，是医院。那群愚蠢的医生千方百计地要帮我弄清楚自己的身份，"他狂笑出声，"真是太巧了！我无意中看到了雨果·德拉克斯这个名字，于是我便成了德拉克斯！

"有一段时间，我装作自己就是德拉克斯。这可把那群医生高兴坏了，他们十分肯定地说：'没错，那就是你！'于是我便欣然接受了这个名字，作为德拉克斯出了院。"

"出院后，我来到了伦敦，准备实施计划。首先，我需要一笔钱。于是我跟踪了一个放高利贷的犹太人老板，然后在一个小办公室把他干掉了，"德拉克斯的语速开始加快，变得兴奋起来，"我只是在他的头上砸了一下，保险箱里的一千五百万英镑就归我了。紧接着，我去了丹吉尔——一个什

么都能买到，可以为所欲为的地方。

"之后的五年里，我开始拼命地赚钱。我敢于冒风险，只要是挣钱的事情我都干。不知不觉我就攒够了一百万，一千万，两千万。之后我再次回到英国，只投入了一百万，整个英国就全在我的掌控之中了。后来，我潜伏回德国，找到了克雷布斯和其他五十个忠心不贰的德国顶尖技术人员。"

"你知道再后来我去哪儿了吗？"德拉克斯大大地睁着眼睛望向邦德。

"莫斯科！是莫斯科！我找到了合适的人，他们全力支持我的计划，还向我推荐了沃尔特博士。这位好心的苏联人便开始专心地研制核弹头，"德拉克斯指了指天花板，"现在就安放在那里。我向女王写信，居然还获得了加冕！"

德拉克斯疯狂地大笑起来："现在整个英国都在我的脚下，全英国的人都像傻子一样被我耍得团团转。我们在英吉利海峡上建立了一座码头，用来输送物资。可是那个泰伦后来好像知道了什么事，这个老家伙在给部里打电话的时候，克雷布斯就在隔壁听得一清二楚。当天晚上五十个人全部自告奋勇要去干掉他，最后我们由抽签决定，巴尔奇英勇献身了。"

德拉克斯沉默了一会儿，开口说道："我们会永远记住他的。"

然后，他用手背擦了擦嘴，重重地向后一靠，满脸期待地看着天花板，眼神中充满了向往。

突然，德拉克斯死死地盯着邦德："你知道当我们离开英

第二十一章
恶贯满盈

国之后要做的第一件事是什么吗？就是要剃光那些让你十分感兴趣的胡子。其实这是一种十分有用的化装术，我想要是你也把头发剃光，再留上两撇小胡子，就算是你母亲也认不出你来。这只不过是一个精心设计的小安排。精确，这就是我的口号。"

德拉克斯抬起头，目光灼灼地看着邦德："听完了我的故事，你们难道不想说点儿什么吗？别傻呆呆地坐在那里。所有这些轰轰烈烈的伟大壮举都是我一个人完成的，只有像我这样杰出的人物才可以做到！快点儿说说你们的看法！"

他又开始不停地咬着自己的手指，眼神逐渐变得凶狠起来："不然，我就把克雷布斯叫过来，让他好好地招待你们！"说着，他指了指桌子上的喷灯。

邦德终于开口了。

"没错，你确实非常了不起，"邦德平静地看着那张长满毛发的大红脸，"偏执、嫉妒、被害妄想症、夸大的仇恨和过激的复仇心理，的确不同凡响。

"既然这场闹剧还没有收场，那你就继续往下演吧。像你这样的人早就应该被关进疯人院了！你这个丑陋的、让人恶心的疯子，你早晚会被枪毙，真是不幸啊！"

邦德的一番辱骂让德拉克斯气得整张脸都开始扭曲变形，双目喷火，汗水不停地顺着下巴滴落到衬衫上。也许是突然想到了曾经某些痛苦的回忆，德拉克斯一下子从椅子上跳了起来，迅速绕过桌子冲向邦德，狠狠地挥出一拳将邦德击倒在地。

邦德紧紧地咬着牙，默默地忍受着。

再度疯狂地发泄过后，德拉克斯一下子将邦德连人带凳子从地上拽了起来。这时候，他的怒火好像突然消失了。他掏出丝质手帕，仔细地擦了擦手，然后十分平静地走向门口。最后回过头冲着邦德和布兰德说了一句："总之，你们两个人再也不会给我找麻烦了。在明天正午，这扇门还会再开一次。不过，那时候你们也将在一瞬间被烤化，尸骨无存！"

接着，那扇门便"砰"的一声关上了。

邦德慢慢抬起脑袋，满是鲜血的嘴唇痛苦地张了张，费力地向布兰德挤出了一丝笑容："我只能激怒他，这样他才没有思考的时间。"

布兰德一脸疑惑地看着邦德。

"听我说，布兰德，伦敦有救了！我有一个计划。"

这时候，桌子上的那盏喷灯"扑哧"一声，熄灭了。

第二十三章 死里逃生

过了一会儿,邦德重新睁开眼睛。他看到布兰德的眼中充满了喜悦。然而,他却默默地别过了眼睛。因为他心里已经想到了一个办法,可是这个办法只能让一个人活下去。他希望布兰德活着,决定牺牲自己。

邦德眯着眼睛，一动不动地盯着那盏喷灯。

布兰德一脸担忧地看着他。

邦德的脸被德拉克斯打得高高肿起，血肉模糊。他的眼睛半闭着，像是在认真思考着什么。

过了几分钟，邦德慢慢把头转向了布兰德。她看到他的眼神中充满了喜悦与希望。

"那个打火机！"邦德向布兰德急切地说，"刚才我故意把他激怒，就是为了让他忘记拿走桌上的打火机。现在你跟我来，我告诉你怎么做。"

邦德带着那把绑在他身上的钢椅子，一点儿一点儿向前挪动。

"但愿椅子不要翻倒，不然我们就完蛋了！要快一点儿，不然喷灯就要冷却了。"

布兰德不知道邦德要做什么，只能茫然地小心跟上去。

过了一会儿，邦德让她停在了桌旁，然后自己继续向前挪到了德拉克斯刚才坐着的那把椅子边。他想办法把自己调整到一个合适的姿势，然后猛地俯身向前，一下子叼住了桌上的打火机。他的牙齿被磕得生疼，但还是紧紧咬着打火机，没有让它掉下来。

第二十三章
死里逃生

邦德的力道掌握得刚好,没有让椅子翻倒在地。接着,他又艰难地回到了椅子原有的位置上,开始向布兰德靠近。克雷布斯丢下的喷灯就在她身旁放着。

邦德稍作休息,让呼吸逐渐平稳下来。

"现在就是最关键的一步了,"邦德严肃地看向布兰德,"我得想办法让喷灯烧起来,你把椅子转过去,让你的右手尽可能地靠近我。"

布兰德会意地照做,邦德再次挪动身体,让身后的椅子靠在桌子边缘,然后伸出脑袋用嘴巴咬住喷灯的把手。

邦德费力地把喷灯和打火机摆到适当的位置。

"还剩下最后一步了,"邦德回过头对布兰德微笑着,"可能会把你弄疼,没有关系吧?"

"当然没关系。"布兰德说。

"好的,那我们现在开始。"邦德弯下腰,用牙齿将喷灯罐左边的安全阀打开。然后迅速把嘴伸到打火机前。

打火机摆放的位置很合适,正好在喷头下方。邦德用门牙用力按下打火机。

这个动作十分危险,尽管邦德已经飞快地缩回了脑袋,但是瞬间喷出来的蓝色火焰还是舔过了他肿胀的脸颊和鼻梁,疼得邦德倒吸一口气。

喷灯被点燃了,正"嘶嘶嘶"地喷着火苗。

邦德甩了甩头,把眼睛里面的水雾甩了出去。再次用牙齿咬住了喷灯的把手。

邦德感觉自己的下巴仿佛要被喷灯的重量压断了,但是他还是尽力保持脖子的角度，让喷灯的火焰烧到那条绑在布兰德手臂上的电线。

虽然邦德已经极力地在控制火焰燃烧的位置，可是稍不小心，火焰就会晃动，扫到布兰德的前臂。

布兰德咬紧牙关忍受着，不停喘着粗气。幸亏这样的痛苦并没有持续多长时间，在高温的炙烤下，电线开始一根根地熔化了。

布兰德的手臂终于恢复了自由，她赶紧伸手拿过喷灯，快速烧断了捆在邦德身上的束缚。

邦德动了动身体，让自己的血液恢复流动。他闭上眼睛静坐了片刻，让身体恢复元气。

过了一会儿，邦德重新睁开眼睛。他看到布兰德的眼中充满了喜悦。然而，他却默默地别过了眼睛。因为他心里已经想到了一个办法，可是这个办法只能让一个人活下去。他希望布兰德活着，决定牺牲自己。

布兰德看到邦德的样子，只是以为他太疲惫了，并没太在意。她向盥洗室走去，看着镜中狼狈的自己无奈地耸了耸肩。布兰德拧了一条湿毛巾，然后回到办公室，来清理邦德脸上的伤。

邦德静静地坐在那里，充满感激地看着布兰德。

布兰德在照顾好邦德之后，便走回了洗手间，轻轻地关上了房门。

邦德看着布兰德的背影，轻轻叹了口气，然后进入了德拉克斯的淋浴间里，脱掉衣服开始冲起了冷水澡。

死里逃生

怎么也要干干净净地度过生命中最后一段时光吧！邦德悲伤地想着，仔细望着镜中的自己。

五分钟后，他穿好衣服，回到了德拉克斯的办公室。在那里，他搜罗了半天，只找到了半瓶威士忌。

邦德又拿出两只杯子，然后大声叫着布兰德。

"怎么了？"布兰德的声音传来。

"这里有半瓶威士忌。"

"你先喝吧，我马上就出来了。"

邦德看了看酒瓶，给布兰德多倒了一些，将剩下的酒倒进了自己的酒杯中。

一杯酒喝下去，邦德的感觉也没有那么糟了。他不能再犹豫了。

这时候，布兰德进来了。和刚才的狼狈简直判若两人，虽然脂粉不能完全遮住脸上的伤痕，可是依然影响不了她的美丽。

邦德把酒递给布兰德，同时举起了自己的酒杯。两个人相视一笑。

"布兰德，你听着，"邦德站起了身，"我们必须要面对现实，要想渡过这个难关，我必须把你关在浴室里。"

邦德能够明显感觉到布兰德的呼吸停滞了一下，却没有停下来。

"十分钟以后，你就到德拉克斯的浴室里，然后把水龙头开到最大。"

"詹姆斯，"布兰德满脸焦急地向邦德走了几步，"求

你别再说了。"

"布兰德,"邦德稍稍提高了嗓门,"我们能够有这样的机会已经是奇迹了。"

邦德走到桌子旁边,拿起桌上的打火机。

"我会到'探月号'下面去抽我的最后一支烟。"

"天哪,邦德!"布兰德睁大了双眼,"你在说些什么?你疯了吗?"

"不然还能怎么办呢?"邦德有些烦躁地说,"如果不这样做,导弹一旦发射出去就全完了!要么我死,要么整个伦敦的一百万人都会难逃厄运。"

"可是你还有机会活下去,"邦德望着布兰德,"爆炸产生的冲击力会从阻力最小的通道释放出去。只要我用机器打开地板,你就能够得救。"

邦德说着走到布兰德身边,握住了她的手。

"别难过了,这已经是最好的办法了。"

布兰德生气地抽回了自己的手,说:"难道我们就不能想想别的办法吗?你为什么不相信我能想出有更好的主意呢?"

她走到地图墙旁边按下了开关,仔细地望着那套假发射方案:"不管怎么说,就算是到最后真的要用那种方法,我也不允许你独自去送死。我怎么可能看着自己的伙伴活活被烧死,自己却躲在后面逃命呢?"

"可是,现在已经过了晚上十二点。如果没有更好的办法,我们就必须赶快行动了,天知道德拉克斯会什么时候来

第二十三章 死里逃生

设置陀螺仪。"邦德低头看了看表。

听到邦德的话,布兰德突然激动地绷直了身体,张大嘴巴看着邦德,脸上露出了格外兴奋的表情。

"对啊,陀螺仪!就是陀螺仪!"

布兰德急切地盯着邦德的脸:"你还不明白吗?我们可以设置陀螺仪,这样导弹就会按照原先的发射方案飞行,它不会飞到伦敦了,而是落在北海。"

布兰德向邦德走了几步,双手用力地抓住他的衣服,眼神中充满了恳求。

"这样可以吗?"邦德连忙问道,"你知道如何设置吗?"

"当然了,"布兰德胸有成竹地回答,"整整一年,我每天都在和它打交道。虽然我们没有明天的天气预报,但是我们可以碰碰运气。今天早上的天气预报说明天应该和今天的天气差不多。"

"这真是个好办法!"邦德说,"我们可以这么干,不过必须得先藏起来,让德拉克斯以为我们已经逃走了。藏在排气坑里怎么样?"

布兰德摇了摇头:"不行,那地方是一个垂直的一百英尺深的大坑,四面都是钢板,非常滑,根本没有什么可以支撑的地方。"

"那我们就只好藏在通风井里了,"邦德抬头最后扫视了一眼这个房间,然后将打火机紧紧握在手中,或许到时候能用得上,"来吧,只能这样做了。"

他和布兰德一起悄悄走出了房间,来到闪闪发光的发射井,然后开始摆弄那个控制排气道钢板的仪表盘。

邦德快速检查了一遍上面的所有按钮,然后扳动一个笨重的操作杆,将它由"关"变成"开"。

只听见墙后传来一阵微弱的"嘶嘶"声,紧接着导弹下方的两块半圆形钢板便开始慢慢地向两边移开,一点点滑到槽里。

邦德走过去朝下张望,这条通道一直向下延伸着,通往远处的大海。

邦德又走回德拉克斯的办公室,扯下浴室里的浴帘。然后他和布兰德两个人一起把浴帘撕成一条一条的,连成一根绳索。最后将绳子的一头绑到"探月号"的尾翼上,另一头顺下排气道。

这么做的目的就是为了做出他们俩已经逃跑了的假象。虽然这种伪装并不是很高明,但是至少可以为他们拖延一段时间。

做完这一切,两个人赶快来到通风井的入口。

这种通风井的入口又圆又大,并且每隔一段距离就会有一个,邦德数了数,一共是五十个通风井,每个都高出地面四英尺。

他和布兰德小心翼翼地打开其中一个入口处的栅栏,然后朝上看去。大约在四十英尺高的地方能够看到一些光亮。

邦德又伸手摸了摸通道的内壁,发现并没有打磨,只是粗糙的混凝土表面,还有一个个明显的凸起。

第二十三章
死里逃生

邦德满意地叹了口气,他知道那是用来加固通道内壁的钢筋断面。

虽然爬上去是一个艰难的过程,但是有了这些钢筋能相对方便一些。

他们需要爬到顶部,然后藏到一个转角处。躲在这里,他们不需要担心别的,只需担心那次彻底的搜查,会不会暴露他俩。

不过只要到了明天早上,基地里就会挤满前来参观的达官贵人,到那时候再想搜查就没有那么容易了。

邦德弯下腰,让布兰德踩着他的背开始向上爬。大约一个小时之后,两个人终于浑身青一块紫一块地躺在了拐角处,筋疲力尽地喘着粗气。

夜晚就这样过去了。太阳缓缓地从悬崖后升起,远处的海鸥开始鸣叫起来。这时候,三个熟悉的身影朝着邦德他们走过来。

透过栅栏,布兰德一眼就认出了德拉克斯那头红色的毛发,还有沃尔特博士那张青灰色的脸和克雷布斯滴溜溜直转的眼睛。

他们三个人的脸上阴晴不定,全都沉默不语。德拉克斯拿出钥匙,打开了门。

邦德感到自己的心都跳到了嗓子眼,因为他们三个人就在离自己几英尺的地方,此时正走到排气坑那里,进行例行检查。

突然,克雷布斯尖叫了起来。

"守卫在哪儿?他们跑了!跑了!"

克雷布斯歇斯底里地大声叫喊着,立刻找来卫兵,下达命令。

"他们很有可能藏在某个通风井里,所以我们必须想出对策来找到他们。现在,你们在每个通风井里都插上蒸汽软管,然后向里面注入蒸汽。如果他们两个真的在里面的话,一定会被活活烫死的。快!叫几个人来,然后准备好防火服,戴上安全手套,去下面打开热压器。其他人仔细听着,看看是否有惨叫声。听清楚了吗?"

"遵命!"卫兵们连忙开始行动。

克雷布斯急得脸上大汗淋漓,在下达完命令之后,就一溜烟地跑了出去。

这时候,邦德和布兰德听到了轰隆隆的响声。

蒸汽软管!

邦德曾经听说过这种东西,它可以用来对付叛变的船员和工人的暴动。它真的能够一直伸到四十英尺高的地方吗?压力又会持续多久?他们会从五十个通风井的哪一个开始下手呢?

这时,邦德感受到了布兰德焦急的目光,眼神中充满了询问。

邦德把嘴凑到了布兰德的耳边:"我们一定会受伤的,但是不知道会伤到什么程度。可能会很疼,没有什么更好的办法。你忍着点儿,千万不要发出声音。"

说着,邦德将衣服的大半盖在布兰德身上,尽量保护她

第二十三章 死里逃生

不受到更大的伤害。

布兰德的头紧紧埋在邦德的胸口。两个人就这样紧紧依靠着，等待着那一刻的到来。

开始注入蒸汽了！

"嘶嘶嘶"。

"嘶嘶嘶"。

声音越来越近，邦德感受到了一股潮气袭来，紧接着就是巨大的气压和可怕的高温。

他们两个人的耳朵嗡嗡作响，全身上下像是被火烤一样疼痛。

该死的，赶快结束吧！

邦德在心里咒骂着。

周围一片死寂，邦德和布兰德的身上一阵冷一阵热，衣服全都湿透了。空气被热浪占据，两个人只觉得呼吸十分困难，大口大口地寻找着新鲜空气。

从通道内壁上流下的水柱不停淌进两个人的嘴里，他们只好时不时地扭过头把嘴里的水吐掉。

没过多久，他们的身上就起满了水疱。两个人只好稍稍分开一些，以便让皮肤多接触一些空气。

就这样，痛苦一拨接一拨地袭来。而邦德和布兰德却都紧紧地咬着牙，没有发出任何声音。

半个小时过去了，就像是过了半年那么久。蒸汽管的咆哮声终于开始慢慢变小，最后消失不见了。

总算熬过去了！

邦德和布兰德两个人艰难地喘息着，心中终于松了一口气。

而此时，德拉克斯、沃尔特博士和克雷布斯从他们下方走了出来。

第二十四章 导弹发射

此时的"探月号"在阳光下闪闪发光,一副蓄势待发的样子。一片寂静中,邦德听到了导弹内部传来的致命的"嘀嗒"声。

"大家都没什么意见了吧?"

"是的,雨果先生。"是军需部长的声音,邦德一下子就认出了他的背影。

"那么,非常抱歉,我可能要失陪一会儿了。"德拉克斯手中拿着一张纸,准备转身走向发射厅。

"等等,先生。对!就是这个姿势,请保持别动!"

紧接着快门不停闪烁,相机"咔嚓咔嚓"响个不停。终于照完了最后一张相,德拉克斯走进了发射厅。只剩下一群记者和官员在平台上嘀嘀咕咕唠叨个没完,紧张兮兮地等待着德拉克斯回来。

邦德看了一下时间,十一点四十五分。

快一点儿啊!邦德在心里已经把那组数据默念了千万遍。那是他们在刚刚经历了巨大的痛苦折磨之后,布兰德告诉他的。邦德不断地活动着自己的四肢,保持血液的畅通,随时准备行动。

"准备好,"他对布兰德笑了笑,"你还好吗?"

"我很好。"布兰德微笑着回答,尽量忘记她起满水疱的四肢和由于擦伤红肿发炎的肘部。

"砰"的一声,门关上了。紧接着,德拉克斯再次出

第二十四章 导弹发射

现,身后还跟着五个守卫兵。德拉克斯大摇大摆地走到了那群官员面前,手上还拿着那张虚张声势的数据表。

邦德再次看了一下时间,十一点四十七分。

"现在开始行动。"他小声说。

"祝你好运!"布兰德望着邦德说。

邦德小心地展开双肩,然后再次收紧,满是水疱和伤痕的双脚摸索着墙壁上凸起的钢筋,开始向下滑落。下降的过程中,本就伤痕累累的身体更是雪上加霜,邦德默默地为布兰德祈祷,希望她能够承受得住这一切。

总算着地了!最后的那股冲劲将邦德的脊椎震得生疼。然而他根本顾不得身上的疼痛,迅速向楼梯奔去,地上留下了一串血红的脚印和身上滴下的鲜血。

邦德一边气喘吁吁地顺着楼梯爬上去,一边抬头望向导弹的尖顶,圆顶已经打开了。

此时的"探月号"在阳光下闪闪发光,一副蓄势待发的样子。一片寂静中,邦德听到了导弹内部传来的致命的"嘀嗒"声。

他加快速度,总算来到了控制室附近。

发射架上长长的机械手臂早就已经收了起来。邦德扳动操纵杆,机械臂缓缓落下,最后停到了放置陀螺仪的舱室前。

还没等吊臂停稳,邦德就手脚并用地沿着吊臂爬了过去。和布兰德描述的一样,舱门上有一个和硬币差不多大小一闪一闪的圆形按钮。

邦德按下按钮,"啪嗒"一声,小小的舱门就被结实的

弹簧弹开了。邦德低头钻进舱室，然后小心翼翼地查看着每一个按钮。

旋转，扭动，固定。一切都一气呵成。

邦德再次看了看手表，还有四分钟。一切都还来得及，最后再检查一遍，不要慌，慢慢退出去。轻轻把门关好，邦德立刻快速离开了这里，然后将机械手臂重新收好。

时间"嘀嗒"地流逝着，当邦德汗流浃背地跑下楼梯时。看到布兰德正在那里一脸紧张地等待着他，一见到邦德，布兰德立刻为他拉开了德拉克斯办公室的门。

邦德的身体已经疼得不行了！他用尽身上最后一丝力气，向前一跳，然后右转。布兰德"砰"的一声关上了外层的门。

紧接着两个人飞快地穿过房间，跑到了淋浴下面，打开水龙头，水流"嘶嘶"地浇在他们身上。

在"哗哗"的水流声中，邦德听到了从德拉克斯房间的收音机里传来的播音员的声音。那是布兰德趁着邦德去设置陀螺仪的时候打开的。

"……要推迟五分钟，"收音机里播音员的声音格外激动，"德拉克斯先生待会儿愿意对着大家说上几句话。"

邦德关上了水龙头，收音机的声音清晰地传了过来。

"德拉克斯先生正面带微笑地和部长交谈着，他看上去信心满满。刚刚接到了空中的消息，今天的天气十分适合飞行，是个好兆头。哦，看哪！海岸上已经站满了人，都在等待着那神圣的一刻。

"天哪！远处的海面上浮起了一艘潜艇，它是从哪儿冒

第二十四章
导弹发射

出来的？真是太了不起了！德拉克斯先生的工作团队都在码头上站着。此时，他们正在排队上潜艇，一切都是那么井井有条。一定是海军部的主意，能够让他们在海面上更加清楚地见证这一切！

"德拉克斯先生现在向我们走过来了！马上他就要对大家讲话了。瞧！他的身材是多么魁梧强壮啊，现场的每一个人都在为他欢呼！他来了！"

播音员稍稍停顿了一下："有请德拉克斯爵士！"

他开始讲话了。

"尊敬的陛下，全英国的人民，"他的声音温和，却让人有些难受，"我即将改变英国的历史。"

他顿了顿："几分钟后，你们的生活即将发生重大的改变。呃，确切地说，是'探月号'带来的巨大改变。

"我非常荣幸，也非常自豪，能够把这枚复仇之箭射入万里高空。我要让全世界见证我们祖国的伟大。这次的发射，将会是对我国敌人永远的告诫，我会让他们明白，与我的祖国作对，其下场就是灰飞烟灭，他们将会用鲜血来偿还！

"非常感谢所有人能够收听我的讲话。如果，下面有人已经为人父母，那我希望你们可以向你们的孩子转述我今天的话。谢谢！"

一阵稀稀拉拉的掌声从收音机里传来。紧接着，播音员的声音再次响起。

"刚刚是德拉克斯先生第一次在公众面前发表讲话，这段话可以说是非常，呃，非常坦率。可是我相信并没有人会认为它有什么不妥。现在，我们就把时间交给在场的专家，他们将会向大家转述导弹目标区域的情况。现在有请坦迪上尉！"

这时邦德低下头看了一下手表。"只剩一分钟了，"他对布兰德轻声说，"真该死，我不能亲手抓到他。拿着这个，"邦德伸手拿起肥皂，然后抠下来一小块，递给布兰德，"待会儿把这个塞到耳朵里。噪音声很大，我也不太清楚外面是什么情况。不过应该不会持续太久，这些厚厚的钢板应该可以承受得住这一切。"

布兰德回以邦德一个微笑，让他不用担心。

收音机里的声音再次响起。

"……现在德拉克斯先生的手已经放到开关上了，他正在看着计时器。"

"十。"一个浑厚的声音插了进来，开始进行倒计时。

邦德再次打开了水龙头。

"九。"声音又一次响起。

"八。"

"每个人都已经戴上了耳塞……"

"七。"

"马上涡轮就要开始喷火了……"

"六。"

"燃料即将从燃料箱里倒出来……"

"五。"

"燃料一旦进入发动机，导弹就会瞬间被点燃……"

第二十四章
导弹发射

"四。"

"涡轮泵开始运转……"

"三。"

"燃烧的废气将会通过底部排到废气坑,温度将会达到3500摄氏度……"

"二。"

"德拉克斯先生准备按下开关了,他的头上全是汗,正认真地注视着屋外。周围鸦雀无声……"

"一。"

所有的声音突然一下子全部消失了,只剩下淋浴喷头"哗哗"的流水声。

"点火!"

随着一声令下,邦德的心提到了嗓子眼儿。他能感觉到布兰德的身体正紧张地颤抖着。

"……德拉克斯先生从发射台离开了,他正平静地迈着步子朝岩边走去,看起来十分镇定。他已经踏上了升降机,他正在下降。看来也要到那艘潜艇上去。

"导弹的尾部已经升起了蒸气,几秒钟后它即将升空。德拉克斯先生已经走到码头了,他回过头望了一眼,对我们招了招手。多么可爱的人啊!"

这时候邦德和布兰德听到了一声轻微的轰鸣声,紧接着这个声音越来越大,越来越大。脚下的地板开始震动,耳边是刺耳的轰鸣声。四面的墙壁也开始晃动了,到处冒着热气。

两个人的身体开始不听使唤,不断地发抖。快停下!停

下！这滋味简直太糟糕了！

天哪！邦德快要晕过去了。水开始沸腾了，要赶快关掉水龙头。关掉了，啊，不行！水管也要裂开了！快，出去，快出去！

不知过了多久，周围重新变得沉寂。邦德和布兰德两个人此时正躺在德拉克斯办公室的地板上。只有浴室的灯还亮着。

烟雾正在一点点散去，空气中弥漫着导弹燃料燃烧后的味道。钢制的墙壁凸起来了一大片，看上去就像是一个巨大的水疱。

布兰德终于把眼睛睁开，笑了起来。

不过，导弹现在怎么样了？它到底是飞到了伦敦，还是飞到了北海？

邦德摇了摇脑袋，渐渐清醒起来。他看了看收音机，还算完好。他赶紧把肥皂掏了出来，收音机的声音立刻传进了耳朵。

"……导弹正精确地飞在屏幕中央，真是一次完美的发射！它就像是一支巨大的银色铅笔，慢慢升到空中。它所发出的巨大声响几乎弄碎了岸边的岩石，它的速度越来越快。一百英里，一千英里。什么？等等，它已经达到了时速一万英里！一下子飞进了三百英里的高空中。它就像流星一样划过了天际。德拉克斯先生现在一定非常自豪。

"德拉克斯先生就在海峡。那艘潜艇开得就像导弹那样快，在海上掀起了层层波浪，一直朝北开去。他们既能够看到发射的场景，待会儿又能够欣赏到导弹落地的那一幕，真

第二十四章
导弹发射

是一次奇妙的旅行啊!我能够告诉大家的就只有这么多了,下面有请在东海岸附近的彼得先生继续来为大家报道……"

邦德和布兰德静静地躺在地板上,他们仔细地听着。现在就是验证他们努力成果的时刻了。

"大家好,这里是彼得为您报道。真是一个美丽的下午。我现在正在南古德温沙洲的北面,这里的海面波澜不惊,阳光灿烂。据报道,目前在目标区域还没有航行的船只,雷达显示屏上也还没有任何动静。不过,我们应该马上就能够看到目标了。

"啊,对的。现在目标已经出现了!大约距离这里还有七十英里远,我们看到'探月号'了。它正发出巨大的轰鸣,尾部拖着长长的火焰。哦,现在还剩十英里了。

"什么?啊,我明白了。远处有一艘大型潜艇正朝着这里驶过来,现在只剩下一英里远了。我想那一定就是德拉克斯先生和他的团队吧,可是我们没有接到过任何的信息提示。而且,那艘潜艇并没有回应我们的信号灯,也没有打出旗语。

"上尉说,那是一艘国外潜艇。嘿!它打出旗子了,什么?天哪!那是一艘苏联潜艇!现在它收起旗子,开始下降了。简直太不可思议了!苏联人的潜艇竟然来到了我国的水域内。

"哦!雷达操作员举起手了。也就是说,导弹到了,它飞过来了,它来了!来了……

"啊!居然一点儿声音都听不见。等等,天哪!那是什么?注意!爆炸了,它爆炸了!

"黑色的浓烟滚滚,直冲天际,海浪一瞬间波涛汹涌起来,巨型的水柱铺天盖地。那艘潜艇在哪儿呢?上帝啊,它被抛出了水面!导弹正巧和它相撞了……"

第二十五章　劫后重生

要是当初局长没有答应替他的老朋友帮忙，要是德拉克斯没有在牌桌上行骗，要是布兰德没有精确地记住那组数据，要是没有那么多的细节和机遇，那么现在伦敦城早已成为一片废墟。

"目前为止,已经有两百人死亡,还有相同数量的人员失踪。"

M的声音传来。

"东海岸那边的消息还在不断地传来,爆炸毁掉了他们数百英里长的海防线。我们损失了一艘巡逻舰,船上的指挥官失踪了,还有BBC的那个播音员。另外,南古德温号灯塔船的停泊点也毁了。等所有的情况全部搞清楚之后,我们估计要损失一大笔钱。"

现在已经是第二天下午了。邦德坐在椅子上——他又回到了自己的老地方,对面坐着那个有着一双灰色眼睛沉默寡言的人。

现在重新想起当初M邀请自己去俱乐部共进晚餐的情景,恍如隔世。

邦德的衣服下面缠满了绷带,他的四肢稍一动弹就疼痛不已。一条红色的伤痕划过他的左脸与鼻梁。他的双眼格外有神,望着M。

"潜艇有消息了吗?"

"已经确定了方位,打捞船正在打捞。"M满意地说道。

"看来我们要进行一次史上最大的掩盖真相的工作了,"M

第二十五章 劫后重生

接着说,"比如发生在德拉克斯和他的工作团队身上的惨剧。这位伟大的爱国者由于执行了错误的指令,导致实验失败,最后把自己也赔了进去。"

"如果媒体刨根问底呢?"邦德问道。

"放心吧!"M耸了耸肩,"今天一早,首相已经接见了各大报纸的总编,我想他已经全部处理好了。"

说完这句话,房间里陷入一片沉寂。

M靠在椅背上,一副若有所思的样子。邦德把头转向窗外,不远处的公园里,鸟儿在树林里轻轻拍打着翅膀,马路上的车流声嗡嗡地传来。

邦德这才意识到,一切是真的结束了,所有事物都将归于平静。真是万幸啊!要是当初局长没有答应替他的老朋友帮忙,要是德拉克斯没有在牌桌上行骗,要是布兰德没有精确地记住那组数据,要是没有那么多的细节和机遇,那么现在伦敦城早已成为一片废墟。

"对了,"M再次开口打破了平静,"刚刚首相来过电话,他说希望你和布兰德小姐能够出国一段时间,毕竟在整个事件发生的过程中,有太多人都见过你们了。为了避免众人猜测,所以你们先出去避避风头。"

"明天下午,你们就出发吧!想去哪里就去哪里,我们也不会限制你们的花费。"

邦德明白了M的意思,他知道现在到了该离开的时候了。他站起身来,对M说:"谢谢您,同时我也为布兰德感到高兴。"

"好吧，那就这样吧，"M不再挽留，"我们就一个月之后再见。哦，对了，你顺便回一趟办公室吧，我还为你准备了一份小小的礼物，就当作一个纪念品吧。"

邦德乘坐电梯下了楼，一瘸一拐地走过那条熟悉的走廊，回到了自己的办公室。他的秘书丽尔正在办公桌前整理着文件。

"008是要回来了吗？"邦德问道。

"今晚就到。"丽尔回答。

"嗯，很高兴你能有个伴儿，"邦德说，"因为我马上又要走了。"

丽尔抬眼打量了一下邦德："看来，你是需要好好休息一阵子了。"

"是啊，而且还是整整一个月的流放呢！对了，有没有我的东西？"

"楼下有你的新车，我已经下去看过了。司机要你今天去试试车，那车看起来真不错！哦，还有，M的办公室也送来了一包东西，现在就需要我打开吗？"

"好的，打开吧。"

丽尔在得到允许之后，转身走进办公室，没过一会儿就抱出来两个看上去很沉的箱子，放到了办公桌上。

箱子里有一张卡片。邦德拿出来，是M用钢笔写的一句话："你也许会需要这个。"

邦德将包装纸打开，里面是一支崭新的布莱特手枪。这的确是一件纪念品，同时还在提醒自己，要时时刻刻保持着

第二十五章
劫后重生

警惕。

邦德耸了耸肩,然后把枪放进了上衣内的枪套里。

"还有一把加长型柯尔特手枪,应该在另一个箱子里。替我好好保管它,一个月之后,我还要到靶场上去练练手呢。"

接着,邦德走向了房门。

"再见,丽尔。我将会去法国,008要是回来了,替我向他问好。"

丽尔对邦德笑了笑。

"再见,007。"

一辆1953年出产的宾利敞篷式轿车正停在大门口,整个车身是劲酷的深灰色,和他那辆之前葬身桥底的宾利车一模一样。

邦德笨拙地爬进了车里,半个小时后,他在司机的搀扶下走出了车门。

他拄着拐杖,慢慢来到公园里,找到一条长凳坐下。然后,他低头看了看手表。还差五分钟到六点,布兰德很快就要到了。

"詹姆斯。"

邦德刚刚抬起头,就看到布兰德从远处风尘仆仆地走了过来。

阳光下的布兰德整个人散发着柔和的光芒,邦德站起身,冲她点头微笑。

"你看上去还不错,身体好些了吗?"布兰德开口问道。

"还不赖。"邦德打趣道。

"明天就要出发了,相信这会是个愉快的假期!"

"一定会的!"

亲爱的小读者们，看了"王牌特工007"系列后，相信你已经很熟悉特工这个职业了，它除了需要有不凡的身手，能在危急时刻保护自己外，更重要的是要有搜集情报、传递情报的能力。下面就由你来做一次特工，在书中找到以下问题的答案吧。

1.大富豪德拉克斯在"长剑俱乐部"的赌牌中稳赢不输，令人生疑，但在与邦德的一次赌局中却被邦德识破骗局。你知道德拉克斯是靠什么作弊的吗？

_____

_____

2.邦德的搭档布兰德在与德拉克斯前往伦敦的随行途中，无意间发现了德拉克斯团队正利用"探月号导弹"进行一场巨大的阴谋。这个惊天大阴谋是什么呢？

_____

_____

3.在掌控了邦德与布兰德之后，德拉克斯讲出了自己的真实身份。那么，他的真实身份是什么呢？

_____

_____

特工召集令

情报局为补充特工的后备力量,需要从全世界召集有志于成为特工的少年作为备选人员。回答以下问题,就有可能被密探发现你身上的特工潜质哦。

1.你知道"007"意味着什么吗?如果可以让你选择一个代号,你会叫自己什么?为什么?

_____

_____

2.如果可以的话,你想拥有哪种超凡的能力?

_____

_____

3.如果成为一名特工,你会为自己配备什么样的秘密武器?

_____

_____

将你的答案告诉我们,我们会转交给"秘密特工",让他来判断你能否成为特工中的一员。

编辑部地址:北京市朝阳区南磨房路37号华腾北塘商务大厦1501室《意林·少年版》编辑部收
邮编:100022
本活动最终解释权归《意林·少年版》编辑部所有

"意林·少年幻兽师" 系列

一段少年英雄成长史，一部异世妖兽山海录

第一部荣耀完结

"少年幻兽师"系列外传第一册《易火与神的考验》即将来袭

作者：雨魔
上架建议：励志 / 校园 / 成长

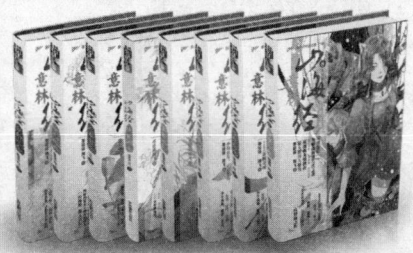

"意林·山海经" 系列

《芈月传》作者蒋胜男倾力推荐！

智慧、勇气、冒险、情义……尽在少年热血时！

"意林·山海经"第一季精彩完结
第二季"山海神兽录"第一册《青丘狐与女娲神》即将上市

作者：墨清清 周飞
上架建议：励志 / 校园 / 畅销小说

"意林·猎神传" 系列

一个万众瞩目的猎神传奇，
一段大气磅礴的异界之旅。
集幻想、悬念、推理、神秘、冒险为一体。
现代校园与古代神话元素相结合
第三册《对决噬空梦兽》即将上市

作者：笑晨曦
上架建议：励志 / 玄幻 / 校园 / 畅销小说

"意林·机甲星球" 系列

赴一场英雄的梦，开一扇想象的窗
——当危机来势汹汹，恐惧是你的选择，勇敢也是

全球华语科幻星云奖获得者、
迪士尼签约作家杨鹏实力新作

作者：杨鹏
上架建议：励志 / 科幻 / 校园 / 畅销小说

"意林·5班乐翻天" 系列

生活的笑料＝写作的调料
听幽默故事，写高分作文

校园幽默派小说作家、冰心儿童文学奖获得者伍剑烹饪的幽默大餐！

作者：伍剑
上架建议：幽默 / 成长 / 校园 / 畅销小说

"意林·锦衣少年行" 系列

豪情义胆铸侠义 壮志凌云冲九霄
一个传奇组织的热血故事，一群英勇少年的成长蜕变。

架构宏大、情节跌宕、画风细腻的同名热血青春影视剧，即将上线。

作者：天使奥斯卡 月关 周行文
上架建议：励志 / 校园 / 热血 / 成长

作者：司徒平安
上架建议：励志／校园／儿童文学

"意林·萝莉大冒险"系列

暖萌萝莉勇闯魔法大陆　英勇骑士力挫黑暗阴谋
一位少女的华丽蜕变　一个国度的浴火重生
一个惊天逆转的阴谋　一场勇者无敌的征程

作者：[法]儒勒·凡尔纳
译者：刘谕·李悦·张锁迪
上架建议：励志／冒险／科幻小说

"意林·凡尔纳经典科幻"系列

中小学生课外阅读经典名著
开启科幻新篇章，点燃头脑超强风暴。
这是一场极具未来眼光的科学畅谈，
也是一次跨越时间与空间的世纪幻想。

作者：[美]迈克尔·诺斯鲁普
译者：王映红
上架建议：励志／幻想／成长／畅销小说

"意林·古墓奇谭"系列

一部解开古埃及千年死亡谜底的古墓探险力作
美国学者出版社重点打造的多媒体互动图书
惊险神秘　科学探索　挑战大脑
第四册《石头战士》和第五册《末日帝国》现已上市

作者：关义军
上架建议：励志／校园／儿童文学

"意林·少年军校"系列

一部少年军事励志小说
一部小军迷生存宝典
一部爱国主义国防教育读本
智慧强大的少年　闪亮惊艳的时光

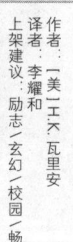

作者：[美]H.K.瓦里安
译者：李耀和
上架建议：励志／玄幻／校园／畅销小说

"意林·魂武士"系列

男孩女孩的成长冒险书
横扫欧美的超能变身小说
一面是普通学生，一面是上古神兽，看魂武士们如
何打怪升级，拯救危难世界吧！

编者：美国Cricket Media出版集团
上架建议：少儿／励志

意林"美国少年励志馆"系列

一套写给孩子的人生智慧书
一把打开孩子智慧思考生命价值的钥匙

作者：黄文军、钟锐、林风、岳炜
上架建议：成长／武侠／校园

"意林·萌武侠"系列

新概念有声幼儿武侠小说
培养好品格，做敢于担当、勇于挑战的好少年！
少年萌侠闯江湖，欢脱有爱铿锵行！

著：海伦娜·卡拉杰克
绘：西·毕斯科
上架建议：儿童读物

巴比兔系列成长绘本

源自国际获奖绘本　彰显生命教育典范
为3～7岁性格形成关键期的孩子准备的
一份心理自助礼物